frei und stark

Gaby Hauptmann

Kaya gibt alles

BAUMHAUS VERLAG

Für Johanna,
Susi und Martin

»Sie leben eingesperrt in Boxen,
sie, die die Weite lieben.
Sie sind einsam hinter Gittern,
sie, die die Geselligkeit lieben.
Sie beugen sich Trense und Kandare,
sie, die die Freiheit lieben.
Sie begegnen unserer Gewalt,
sie, die sich nicht wehren können.
Wir sind tief in ihrer Schuld.«

Alle Mädchen hatten sich versammelt und schauten gebannt in die Reithalle. Cindy war sogar extra auf eine leere umgekehrt dastehende Sprudelkiste gestiegen, damit sie sich nicht so strecken musste. Die anderen konnten bequem über die zweiflügelige Holztüre sehen, die in die Bahn führte.

»Der kam extra angereist«, flüsterte Kaya und fühlte fast so etwas wie Stolz, obwohl es ja gar nicht um sie ging. In der Bahn stand ein Mann, wie man ihn sich als Reitlehrer nur wünschen konnte – groß und stattlich, mit einer braunen Lederjacke und einer braunen Cordhose. Seine Augen blickten freundlich, das Gesicht war eher rundlich, und seiner Haut sah man an, dass er viel an der frischen Luft sein musste. Und dann war da seine ganz besonders angenehm und kräftig klingende Stimme. Ohne große Mühe drang sie bis in den letzten Winkel und erreichte Jo auch am anderen Ende der Halle, wo sie mit ihrem Pony gerade eine »Schulter-vor«-Länge einleiten sollte. Es war unglaublich, aber wahr, Jos Trainer war aus Westfalen angereist, um Jo und ihr Pony *Andy* die ersten Tage hier in ihrer neuen Heimat zu trainieren. Die beiden waren die amtierenden Deutschen Meister in der Pony-Vielseitigkeit, und nachdem Jos Vater wegen seines Berufes in den Süden umziehen musste, stand auch für seine Familie ein Ortswechsel an. Kaya hatte sich wahnsinnig darüber gefreut. Sie hatte Jo bei den *German Friendships*, einem internationalen Jugendturnier in Herford, kennengelernt und war mächtig von ihr und ihrem Pony beeindruckt. Als Willkommensgruß hatten Kaya und ihre Freundinnen Jo eine ganze Geländestrecke mit Hindernissen gebaut, die sie beim Ausprobieren allerdings gleich mal selbst zerlegt hatten. Trotzdem – Jo hatte sich gewaltig darüber gefreut. Es sei der Wille, der zähle, hatte sie gesagt und gelacht. Und *Andy* fand die Karotten, die sie ihm zur Begrüßung in die Box gelegt hatten, ebenfalls ganz großartig.

»Das ist so ein edles Pony, schaut mal, wie der geht!«, flüsterte Cindy und zog an einer ihrer roten Korkenzieherlocken.

»Na, wie schon. Wie ein Pony halt«, sagte Minka etwas unwirsch, denn sie besaß mit *Luxury Illusion* selbst ein hübsches und begabtes Pony und wollte ihren *Luxy* nicht so schnell entthront sehen. Kaya sagte gar nichts. Sie seufzte bloß kurz. Das war eben eine ganz andere Kategorie. Sie liebte ihren *Sir Whitefoot*, den ihr ihre Eltern zu Weihnachten geschenkt hatten, aber in diese Klasse würde er nie aufsteigen können. Ihr *Sir* war ein wildes, freches Bürschchen, mutig und voller Bewegungsfreude, aber wie *Andy* hier vor aller Augen so elegant und locker seine Aufgaben meisterte, das war schon etwas anderes. Und Jo – sie saß ja quasi *in* ihrem Pferd, nicht *auf* ihm. Die beiden waren wie verwachsen miteinander.

»Nun gut, jetzt haben wir einen Deutschen Meister im

Stall«, brummelte Reni neben ihr. »Jetzt wird unser Stall berühmt, yeah!« Reni war von den fünf Freundinnen körperlich die Kräftigste und auch die Stärkste. Sie spielte nebenher noch Handball und hob auch gern mal beim Schmied die Hufe auf. Reni powerte ständig, bei allem, was sie tat, verbrauchte sie mächtig viel Energie, und deshalb hatte sie auch immer Hunger.

»Bloß ist Jo mit sechzehn Jahren im nächsten Jahr eben aus dem Ponyalter raus und damit auch aus dem Kader«, warf Fritzi ein. Sie dachte immer etwas weiter. Das musste bei ihr in den Genen liegen, ihr Vater war Lehrer.

»Dann kannst du ja nachrücken, du bist schließlich erst vierzehn«, zog Kaya sie auf, schauderte aber trotzdem. Jo ritt im Bundeskader, höher ging es nicht. Sie selbst hatte den Rang der »Talentierten Junioren« am Ärmel ihres Turnierjacketts, was sie schon mächtig stolz machte. Aber dafür musste sie auch regelmäßig auf Turniere gehen, was sie aber nicht mehr konnte, seitdem sie *Dreamy* nicht mehr ständig ritt. Möglicherweise würde sie dadurch nun ihre Kaderzugehörigkeit verlieren. Sie wollte gar nicht daran denken.

Andy wechselte gerade im Galopp durch die Länge der Bahn. »Der kann ja sogar fliegende Galoppwechsel«, staunte Cindy und stand plötzlich auf Zehenspitzen auf der Kiste.

»Der muss ein Vermögen gekostet haben«, nickte Minka,

die sich von allen am wenigsten beklagen durfte. Ihr Vater fuhr sie mit *Luxy* regelmäßig zu Turnieren in der Umgebung und auch zu Lehrgängen, wo sie manchmal sogar übernachten durfte.

»Es liegt eben auch am Training und somit auch am Trainer«, sagte eine dunkle Stimme hinter ihnen und Kayas Herz machte einen Sprung. Wenn sie diese Stimme hörte, fuhr ihr jedes Mal sofort ein warmer Schauer durch den ganzen Körper. Chris! Ihre ganz große Liebe! Sie holte einmal tief Luft, bevor sie sich zu ihm umdrehte. Nur nicht aufgeregt erscheinen und vor allem nicht rot werden.

»Ach«, sagte sie, »bist du wegen Jo da oder wegen ihres Trainers?«

Er lächelte sie an und seine blauen Augen katapultierten sie direkt in eine andere Sphäre. Am liebsten hätte sie sofort seine Hand gegriffen und wäre mit ihm verschwunden – oder hätte sich ihm zumindest in die Arme geworfen. Aber zum einen standen ihre Freundinnen um sie herum und zudem durfte er von ihren überschwänglichen Gefühlen ja nichts wissen. Zumindest nicht wirklich.

»Wegen dir«, antwortete er und sofort spürte sie die neugierigen Blicke der Mädchen auf sich gerichtet. Jetzt bekam sie doch einen roten Kopf. Teufel noch mal, sie merkte, wie ihre Ohren heiß wurden. Musste das jetzt sein?

»Wegen mir?«, fragte sie schnell, um von ihrer Gesichtsfarbe abzulenken.

»Ja, meine Mutter hat mal wieder ein Schnäppchen gemacht – zwei Satteldecken zum Preis von einer – sie will wissen, ob du eine für *Sir Whitefoot* haben magst!«

Das war gelogen. Kaya war das sofort klar. Das Reitsportcenter würde einen Teufel tun! Zwei Satteldecken zum Preis von einer, nie im Leben! Simone Waldmann wollte ihre gute Tat einfach ein bisschen herunterspielen, das war alles.

Trotzdem tat sie so, als ob sie sich freute. »Au ja, wirklich?«, sagte sie und drehte sich nun ganz zu ihm um. »Und wo sind sie?«

»Im Wagen. Kannst dir eine aussuchen!«

Kaya zwinkerte ihren Freundinnen zu und ging dann ganz nah neben Chris durch den Hof. *Sir Whitefoot* stand in seinem Paddock und schnaubte sofort, als sie um die Ecke bog.

Chris lachte. »Na, den hast du wirklich erobert. Der liebt dich mit Haut und Haaren!«

Fast hätte Kaya »Du wärst mir aber lieber« gesagt, konnte es sich jedoch gerade noch so verkneifen. Und überhaupt wäre das dann *Sir Whitefoot* gegenüber ungerecht gewesen. Der strengte sich im Vergleich zu Chris wenigstens an. Chris kam nur, wenn seine Mutter ihn schickte – so wie jetzt.

Sie schaute ihn kurz von der Seite an. Allerdings – jetzt war er hier. Jetzt musste sie sich was einfallen lassen.

»Und was läuft bei dir zurzeit so?«, fragte sie, um irgendwie ein Gespräch in Gang zu bringen.

»Meinst du in der Schule? Bei den Pferden? Oder sexuell?«

Das war klar. Jetzt wollte er den coolen 16-Jährigen und welterfahrenen Kerl raushängen lassen.

»Sexuell!«, sagte sie schnell, bekam aber keine Antwort mehr, weil sie schon auf dem Parkplatz angelangt waren, wo Chris' Mutter gerade aus dem Auto sprang. Simone hatte Jeans und ein grünes Poloshirt an und sah eher wie Chris' ältere Schwester aus, aber bestimmt nicht wie eine erfolgreiche Juristin.

»Hallo, Kaya. Na, wie geht's? Lange nicht mehr gesehen!«

Das stimmte nicht ganz, es war erst eine Woche her, aber vielleicht hatte Frau Waldmann das ja vergessen.

Sie riss schwungvoll den Kofferraum auf, holte zwei Schabracken heraus, sagte »Springschabracken« und lächelte dabei.

Das waren beides keine Sonderangebote, sondern die Schabracken aus der neuesten Kollektion, was Kaya sofort klar war. Die eine war dunkelbraun und am hinteren Teil mit einer Krone aus Glitzersteinchen geschmückt.

»Die sieht ja scharf aus«, entfuhr es Kaya und Simone hielt ihr die Decke hin. Das Sonnenlicht spiegelte sich in der Krone und funkelte in allen möglichen Farben. Kaya drehte und wendete die Schabracke und gab sie Simone strahlend zurück. »Cool!«, sagte sie.

Die zweite war dunkelgrün und hatte eine zweifarbige Zierborte. Sie sah nicht so besonders auffallend aus. Kaya war schon klar, was sich Simone beim Kauf gedacht hatte.

»Und wenn ich jetzt die grüne möchte?«, fragte Kaya spitzbübisch und schaute Chris verschmitzt an. »Nimmst du dann die mit der Krone?«

Chris zuckte die Schultern. »Solange mein Pony gewinnt, nehme ich sogar rosa!«

Kaya musste lachen. Chris, so wie er da vor ihr stand, mit Jeans, schwarzem T-Shirt, blonden Surferhaaren und den blauen Augen. Der auf einem rosa herausgebrachten Pony. Zumal *Wild Thing* ja nun auch keine Schönheitskönigin war – das alles zusammen käme wohl ziemlich absurd rüber.

»Das möchte ich sehen!«, sagte sie und lachte und auch Simone musste lachen.

»Kriegst die passenden rosa Bandagen dazu!«, frotzelte sie.

Kaya hielt die braune Schabracke wieder in die Sonne und bewunderte das Krönchen. »Und ich darf mir die wirklich aussuchen?«, fragte sie noch einmal zweifelnd, denn das hier war wie ein Geburtstagsgeschenk und nichts einfach mal so nebenbei.

Simone nickte. »Sie hat mir einfach gut gefallen. Und deinem Fuchs steht das Dunkelbraun bestimmt sehr gut. Charlotte möchte auf ihrem *Dreamy eine helle Farbe*.«

Charlotte war Chris' kleine Schwester, und *Dreamy*, ihr Pony, stand ebenfalls im Stall bei Claudia. Chris' zwei Ponys dagegen waren im *Nobelstall* der Stadt untergebracht. Dort habe er mehr Trainingsmöglichkeiten, behauptete er.

»Kann ich irgendetwas dafür tun?«, wollte Kaya wissen. »Vielleicht *Dreamy* bewegen, wenn Sie in die Sommerferien fahren?«

Simone schüttelte nur den Kopf. »Nein, es ist einfach ein Geschenk, liebe Kaya. Einfach so. Du hilfst unserer Charlotte ja ohnehin immer, also mach dir keine Gedanken.« Sie schaute ihren Sohn an. »Und außerdem stellt sich noch die Frage, ob wir in den Sommerferien überhaupt wegkönnen – Lina hat sich angesagt. Sie plant eine Deutschlandreise und wird bei uns ein paar Tage Station machen.« Sie stockte kurz. »Aber bis zu den Sommerferien ist es ja noch eine Weile hin …«

Lina?

»Lina?« Jetzt schaute auch Kaya schräg, dann aber schoss es ihr wie ein Blitz durch den Kopf. Lina! Mist! Lina!

Kann ein Mensch solche Gefühlsstürze überhaupt aushalten? Eben noch schierer Jubel und jetzt der eiskalte Schreck. Sie spürte, wie ihr die Farbe aus dem Gesicht wich und wie ihre Beine wackelig wurden.

»Aber warum das denn?«, fragte sie einigermaßen hilflos. »Was will sie denn hier?«

Das war ja die perfekte Katastrophe! Bei den *German Friendships*, dem internationalen Jugendturnier in Herford, war Lina die Partnerin von Chris gewesen. Gemeinsam hatten die beiden ein Team gebildet, so wie alle anderen Deutschen mit je einem ausländischen Gast auch. Und das Los hatte Chris Lina zugesprochen, dieses äußerst attraktive Mädchen aus Brasilien. Kaya war damals nach dem Turnier froh gewesen, dass sie diesen Albtraum überstanden hatte – und jetzt sollte er von Neuem beginnen, sollte er sie verfolgen.

Simone hatte die grüne Schabracke in den Wagen zurückgelegt und die Tür bereits wieder geschlossen.

»Und? Was machst du in den Sommerferien?«, fragte sie Kaya.

»Nichts«, sagte sie automatisch. »Ich trainiere ein bisschen mit *Sir Whitefoot*, und vielleicht kann ich auch zu einem kleinen Turnier mitfahren – mal sehen, was Claudia so vorhat.« Sie konnte das ja nicht alleine bestimmen, sie hatte keinen Pferdehänger. Und ihre Eltern hatten am Wochenende nie Zeit, weil sie das Restaurant nicht einfach alleine lassen konnten. Kaya wurde die ganze Misere bewusst, und sie spürte, wie die Tränen in ihr aufstiegen.

»Ja, gut, dann kannst du mit den beiden doch bestimmt mal ausreiten oder sonst was Schönes unternehmen«, verkündete Simone beschwingt, umarmte Kaya kurz und stieg in ihren Wagen ein. Chris blieb noch kurz neben ihr stehen, aber offensichtlich wusste auch er nicht, wie er reagieren sollte. »Ich ruf dich an«, sagte er, drückte sie kurz am Oberarm, nickte zur Schabracke hin, die Kaya unter den Arm geklemmt hatte, und meinte: »Ihr beide seht damit bestimmt toll aus.« Dann war auch er im Auto verschwunden.

»Ja, bestimmt«, erwiderte sie gedämpft. »Das war eine coole Aktion von deiner Mutter, vielen Dank!«

Sie schaute dem Geländewagen nach, bis er nicht mehr zu sehen war, und stand immer noch an der Straße, als sie Hufgeklapper hinter sich hörte.

»Na, träumst du deinem Prinzen nach?« Es war die rauchige Stimme von Jo. Kaya drehte sich zu ihr um. Jo kam von der Halle herübergeritten, sie wollte nach dem Training noch im Schritt »ausdampfen« lassen, wie sie es immer nannte. Viel Schritt vorher und viel Schritt nachher, erklärte sie jedes Mal. Ein Marathonläufer würde ja auch nicht einfach so losrasen und sich im Ziel direkt ins Gras werfen. Der muss seine Muskeln und Sehnen auch erst warm machen und hinterher entspannen. Und so geht's beim Reiten auch, sonst wäre der Traum vom gesunden Pferd bald ausgeträumt.

»Ausdampfen lassen?«, fragte Kaya lustlos.

»Ja, ich mach noch einen kleinen Schrittausritt. Magst du mit?«

»Auf dem Gepäckträger?«

Jo lachte. »Quatsch. Ich steige ab, dann spazieren wir einfach.«

Kaya schüttelte den Kopf. »Nein danke. Ich glaube, ich mag jetzt allein sein!«

Jo tätschelte *Andy*s Hals, der feuchte Stellen aufwies. Sie zeigte auf die Schabracke. »Hast du die gerade bekommen?«

»Ja. Zusammen mit der Nachricht, dass Lina im Sommer kommt.«

»Lina?« Jo beugte sich etwas zu ihr herunter.

»Lina. Seine Partnerin aus …!«

»Ah«, Jo unterbrach Kaya und grinste breit. »Der brasilianische Feger. Der mit den schönen Zähnen und dem ungezügelten Temperament!«

Kaya verzog den Mund. »Du sagst es!«

»Und was will die hier?« *Andy* stand wie ein Denkmal. Kaya kam nicht umhin, ihn zu bewundern. *Sir Whitefoot* hätte schon längst zur anderen Straßenseite hin gedrängt, zu den Koppeln und zum Reitweg. *Andy* dagegen stand ruhig am langen Zügel mit gespitzten Ohren, so als ob er mitreden würde.

»Sie macht eine Deutschlandreise und Station bei Waldmanns. Ist das nicht toll?«

»Ja, spitze!« Sie blickten sich beide in die Augen. »Wart's ab«, beruhigte sie Jo dann. »Die ist sicher absolut harmlos.«

»Harmlos. Genau«, wiederholte Kaya kopfnickend. »Das glaub ich auch!«

»Und bis zu den Sommerferien dauert es ja noch eine Weile, wer weiß, was bis dahin alles passiert!«

»Ja, wer weiß …« Kaya nickte wieder.

»Gut.« Jo deutete mit ihrem Kopf den Reitweg rauf. »Wir gehen dann mal. Bis nachher!«

Kaya klopfte *Andy* leicht auf die Hinterhand. »Ich gehe nach Hause«, sagte sie, »hab heute keine Lust mehr!«

Sie verstaute die Schabracke, gab *Sir Whitefoot* eine Rübe zum Abschied und winkte ihren Freundinnen von Weitem zu. »Ich muss heim«, rief sie und sah auch auf die Entfernung, dass die Mädels sich ungläubig anschauten. Sie war sonst immer die Letzte, die heim musste. Und wenn sie es sich jetzt so recht überlegte, *müssen* musste sie eigentlich nie heim. Ihre Eltern machten ihr ja keine Vorgaben, sie wussten, dass Kaya sowieso immer rechtzeitig kam, weil sie einfach unausgeschlafen war, wenn sie abends zu spät ins Bett ging. Das würde ihr sonst den ganzen nächsten Tag nachhängen.

Oh Mann, was bin ich für ein langweiliger Teenager, dachte sie, als sie sich auf ihr Rad schwang. Ich könnte längst mit Chris gehen, wenn ich nicht immer so höflich zurückhaltend wäre. Wo habe ich das bloß her? Sie grübelte, während sie die Straße hinunterfegte. An ihrem Geburtstag, ja da sah es noch ganz anders aus. Da schmuste er mit ihr im Heu, während sie alle auf die Geburt des Fohlens* warteten. Aber hatte sie etwas daraus gemacht? Am nächsten Tag wollte er mit ihr ins Kino, aber sie konnte nicht, weil der Film erst ab 16 war. Dummerweise hatte ihre Mutter in der Zeitung nachgesehen. Wie ein junges Küken war sie sich vorgekommen – und Bingo, danach hat er gar nicht mehr versucht, sie einzuladen. Sie hätte einfach gehen sollen und Mutter Mutter sein lassen, hatte es sich aber nicht getraut.

Ein Wagen nahm ihr die Vorfahrt und sie wäre fast gestürzt. »Idiot!«, schrie sie ihm nach und legte all die Ungerechtigkeit ihrer Welt in dieses Wort. Sicherlich brauchte diese blöde Lina nur wieder mit dem Hintern zu wackeln und er würde dahin schmelzen. Dabei war es doch nur so ein aufgesetztes Getue von der und hatte rein gar nichts mit wirklichen Gefühlen zu tun, so wie bei ihr!

Sie war so sauer, dass sie daran dachte, ihren Kleiderschrank aufzuräumen. Irgendeine sinnvolle Betätigung, bei der sie sich abreagieren konnte, brauchte sie jetzt.

Sie knallte ihr Fahrrad gegen die Hauswand, und es war ihr auch egal, dass es mit dem Vorderrad wegrutsche und auf dem Lenker liegen blieb. Selbst Schuld, dachte sie. Hätte auch stehen bleiben können! Durch das Fenster sah sie, dass ihr Vater schon wieder in der Restaurantküche arbeitete. Dann konnte ihre Mutter auch nicht weit sein. Sollte sie

* Band 6: »Kaya hat Geburtstag«

gleich ins Privathaus rübergehen oder sollte sie sich zumindest kurz sehen lassen?

Unentschlossen blieb sie stehen und schaute ihrem Vater zu. In einem kleinen Topf köchelte eine Sauce und eben schöpfte er breite Nudeln ab. Sofort meldete sich ihr Magen. Damit war die Sache klar. Und anschließend ein Eis, dachte sie. Irgendwie fühlte sie sich sofort besser. Und als ob er ihren Blick in seinem Rücken gespürt hätte, drehte sich ihr Vater jetzt um und winkte ihr zu. Sie winkte zurück. Na gut, dachte sie. Dann musste der Schrank eben warten.

Ihr Vater hatte heute richtig gute Laune. Er lächelte ihr entgegen, und Kaya fand wieder einmal, dass er für seine 44 Jahre unglaublich jung aussah. Oder war jung der falsche Ausdruck? Er hatte etwas Jungenhaftes an sich. Vielleicht weil er gern Unsinn machte und vieles nicht so ernst nahm, worüber ihre Mutter sich aufregen konnte. Der Kinobesuch zum Beispiel. Er hätte garantiert nicht in der Zeitung nachspioniert.

»Heute ist die Bude voll«, begrüßte er sie und stellte ihr auch gleich einen Teller auf den kleinen Tisch, an dem sie so gern saß. »Aber am großen Tisch haben sie sich zum Glück auf dasselbe Menü geeinigt, das bedeutet weniger Arbeit und mehr Geld. Ist das nicht toll?« Er zwinkerte ihr zu. »Damit ist die Miete für deinen *Sir Whitefoot* jedenfalls schon mal gesichert!«

Kaya nickte zufrieden und holte sich Besteck. Ja, auch

darin unterschieden sie sich von Chris. Während die Waldmanns viel Geld hatten und sich solchen Luxus wie die edlen Schabracken einfach mal so nebenbei leisten konnten, mussten ihre Eltern noch den Umbau des Restaurants und des Wohnhauses abbezahlen. Dass sie *Sir Whitefoot* überhaupt bekommen hatte, grenzte schon an ein Wunder – auch wenn es an Weihnachten gewesen war. Und das war jetzt schon über sieben Monate her …

»Worauf hast du Appetit?«, wollte ihr Vater wissen.

»Auf einen großen Teller mit Gemüse und Salat«, kam die Antwort von dort, wo die Schwingtüre zum Restaurant führte. Ihre Mutter war mit einigen aufeinandergestapelten Tellern hereingekommen. »Grüß dich, mein Schatz. Wie war's reiten? Und was macht die Schule? Vergiss bitte vor lauter Pferden deine Schulaufgaben nicht. Und Klassenarbeiten schreibt ihr doch bestimmt auch? Gibt's da was, was ich nicht weiß? Nicht dass ich bei der nächsten Elternversammlung wieder …«

»Karin!«, schnitt Harry ihr das Wort ab und drohte ihr mit dem Kochlöffel. »Lass das arme Kind doch erst mal essen!«

»Na«, sie seufzte und hielt mitten in der Bewegung inne. »Ich sehe schon. Die große Verschwörung ist wieder im Gange. Breite Nudeln und Spickzettel.«

Kaya grinste und auch ihr Vater schnitt eine Grimasse.

»Wenn du wenigstens ein bisschen Salat isst, dann habe ich eine Überraschung für dich!« Karin hatte das Geschirr abgestellt und fuhr sich mit ihren Fingern durch das schwarze Haar. Sie war hübsch, hatte eine sportliche Figur und trug im Service meist dunkle Hosen und helle Blusen. Jetzt verschränkte sie abwartend die Arme und warf Kaya einen herausfordernden Blick zu.

Heute schien wirklich absolut der Tag der Überraschungen zu sein, fand Kaya. Würde sie noch eine ertragen?

»Nur wenn es eine nette Überraschung ist«, sagte sie vorsichtig und fügte noch schnell hinzu: »Und außerdem ist das Erpressung!« »Stimmt!«, erklärte Karin und deutete ihrem Mann per Fingerzeig, dass zu den Nudeln noch was Grünes auf den Teller musste.

Kaya schaute misstrauisch. »Und was bitte?«, fragte sie und zog die Nase kraus. Das hatte sie sich aus ihrer Kinderzeit herübergerettet. Wie Mogli im »Dschungelbuch«.

»Isst du das dann auch?«, wollte Karin wissen und lud silberne Brotkörbe und Schmalztöpfe auf ein Tablett.

»Ja, gut, versprochen!«, kapitulierte Kaya und nickte.

»Also. Eben hat Klemens Nachtigall einen Tisch reserviert. Er kommt mit Jo. Und laut Jo sollst du dich dazusetzen. Jos Mutter kommt auch mit!«

Was sollte sie da? Jos Mutter hatte ein zupackendes Wesen, in ihrer Nähe war ihr nie so ganz wohl zumute, weil sie immer dachte, dass sie sicherlich irgendetwas falsch machte. Jo und ihre Eltern waren schließlich halbe Profis. Wie sonst hätten Jo und *Andy* Deutscher Meister werden können?

Kaya zögerte.

»Ja, willst du denn nicht?«, fragte ihr Vater, während ihre Mutter mit dem Tablett hinausging.

»Doch, schon.« Sie überlegte. »Ich bin bloß so, so … gar nichts im Vergleich.«

Harry schaute sie kurz an, schob einige Töpfe ein kleines Stück von den Gasflammen weg und setzte sich dann mit einem Teller voller Nudeln und drei Salatblättern in üppiger karamellfarbener Sauce zu ihr.

»Was ist denn los?«, wollte er wissen und schob ihr den Teller vor die Nase. Kaya verzog das Gesicht. Dann holte sie tief Luft und sagte: »Ich weiß auch nicht. Wahrscheinlich habe ich eine Depression!«

»Soso, eine Depression.« Harry schüttelte den Kopf und fasste über den Tisch nach ihrer Hand. »Hat dich dein Pony abgeworfen? Oder hast du eine Arbeit verhagelt? Oder hast du Liebeskummer?«

Kaya zupfte an einem Salatblatt und steckte es sich mit den Fingern in den Mund. »Diese blöde Brasilianerin kommt«, sagte sie kauend. »Die von den *German Friendships*. Und dann habe ich eine Schabracke geschenkt bekommen. Und der *Andy* geht so gut, das wird *Sir Whitefoot* nie schaffen. Und ich kann einfach nicht gut genug reiten. Und überhaupt, alles ist Mist!« Sie leckte sich die Fingerspitzen ab. »Und Chris ist ein Trottel!«

»Ah!«, sagte Harry und nickte ernsthaft. »Das sind alles

schwerwiegende Argumente. Gab es heute vielleicht auch ein schönes Erlebnis? Eines, an dem du dich erfreuen kannst?«

Kaya stützte ihr Kinn auf. »Wenn es eines gab, ist es an mir vorbeigegangen. Ich habe es jedenfalls nicht bemerkt!«

»Diese neue Schabracke auch nicht?«

»Die zeigt mir ja bloß, dass wir ...«, sie brach mitten im Satz ab. »Ach, nichts.«

»Okay, das ist Weltschmerz«, erklärte ihr Vater. »Das geht vorbei. Wir können dir vielleicht nicht jede neueste Pferdeausstattung kaufen, aber immerhin bekommt dein *Sir Whitefoot* jeden Tag feinste Bio-Karöttchen aus meiner Küche. Und meinst du nicht, dass ein Pferd das jeder noch so tollen Satteldecke vorzieht?«

Kaya musste lachen. »Ja, das glaube ich allerdings. Besonders *Sir Whitefoot*, der ist so verfressen, der hing schon mal kopfüber im großen Futterkasten. Da war nur noch sein dickes Hinterteil zu sehen!«

Jetzt lachte sie wirklich. Und ihr Vater auch.

»Na, siehst du«, sagte er. »Und deine Brasilianerin hat bestimmt auch ein dickes Hinterteil, das haben dort nämlich fast alle – und Chris wird das gar nicht gefallen. Und schon geht es dir wieder gut, stimmt's?«

Das stimmte zwar nicht, Lina war leider extrem gut gebaut, aber die Vorstellung gefiel ihr. Und vielleicht war Lina in den letzten Monaten ja auch aus der Form geraten, schließlich war sie schon über 16. Für den Moment schien der Tag doch noch gut zu enden.

Zwanzig Minuten später saß sie draußen an einem runden Tisch, den ihre Mutter für Jo, deren Trainer, deren Mutter und sie hübsch gedeckt hatte. Jos Mutter sprühte vor guter Laune und nahm Kaya sofort das leichte Unbehagen, indem sie kleine Geschichten aus ihrem Reiterleben erzählte. Es machte Kaya wirklich Spaß, ihr zuzuhören. Klemens, der in Westfalen einen eigenen Stall führte und nun mit Jos Umzug eine seiner besten Reiterinnen verlor, war stiller, aber er wirkte so gutmütig und warmherzig, dass sich Kaya neben ihm wohlfühlte. Jo saß derweil grinsend am Tisch und futterte fast das ganze Brot mit dem Griebenschmalz weg.

»Wer trainiert dich denn?«, wollte Klemens plötzlich wissen. Kaya verstand erst nicht, dass er sie meinte, schaute dann aber erstaunt hoch. »Nun, Claudia gibt mir Reitunterricht. Früher, als ich noch ein anderes Pony ritt, das sehr gut sprang, hatte ich noch einen Kadertrainer. Fritz Lang hieß der. Aber *Sir Whitefoot* ist noch nicht so weit.« Sie zögerte. »Ich bin mir überhaupt nicht sicher, ob er jemals ein richtiges Springpony wird!«

»Ach so? Warum nicht?«, wollte der Trainer wissen und auch Susan, Jos Mutter, hörte jetzt aufmerksam zu.

»Na ja, mit 140 Zentimetern ist er nicht gerade groß!«

»Ja, schon richtig. Aber wenn er gerne springt und Sprungvermögen hat, ist das zumindest am Anfang kein Hindernis!«

Kaya nickte, zuckte dann aber gleich mit den Achseln und sagte: »Er hat mich schon ein paar Mal abgesetzt. Wenn es nicht passt, springt er nicht.«

»Da hat er doch recht. Dann mach es ihm halt passend!« Susan lächelte ihr aufmunternd zu.

»Tja, das ist es doch. Dazu fehlt mir die Erfahrung, ich habe einfach den Blick nicht dafür.« Sie überlegte. »Zumindest nicht richtig. *Dreamy* hat sich das immer irgendwie passend gemacht. Ich habe vor dem Absprung zwar immer mitgezählt, aber manchmal hab ich mich auch verschätzt – und es hat trotzdem geklappt!«

Susan und Klemens schauten sich an. »»Na, das testen wir morgen doch mal. Hast du Lust?«, wollte Klemens von ihr wissen, und Kaya spürte augenblicklich, wie ihr Herz in die Hose rutschte. Du lieber Himmel. Klemens wollte ihr eine Springstunde geben? Und das vor allen anderen im Stall. Was würde wohl Claudia dazu sagen – und was ihre Freundinnen? Minka zum Beispiel, die mit ihrem *Luxy* doch viel mehr hergeben würde. Und wenn *Sir Whitefoot* sie absetzte? Wäre schließlich nicht das erste Mal! Schon bloß der Gedanke trieb ihr die Röte ins Gesicht.

»Ich bin für so was gar nicht gut genug«, wehrte sie ab.

»Dummes Zeug«, wischte Susan ihren Einwand weg.

»Jeder fängt mal an. Und jeden Reiter kann man verbessern – auch die großen trainieren täglich und lassen sich noch was sagen. Das hört nie auf.«

Kaya nickte und schaute Jo an.

»Da kommst du bei meiner Mutter an die Richtige«, sagte sie und grinste schon wieder.

»Du musst deinen *Sir Whitefoot* eben gut vorbereiten«, erklärte Susan und schaute sie eindringlich an. »Gute Pflege, Motivation, Muskelaufbau – all das muss stimmen, dann springt er über Häuser!«

Kaya nickte schon wieder.

»Hast du ordentliche Springgamaschen? Braucht er Vorderzeug?«

»Gamaschen habe ich schon«, sagte sie. »Aber Vorderzeug?« Sie war sich nicht sicher, ob *Sir Whitefoot* so etwas brauchte.

»Macht nichts«, erklärte Susan schnell. »Wir schauen uns das an, sonst bekommst du was von uns!«

Mein Gott, dachte Kaya, spürte ihren Puls nach oben schnellen und gleichzeitig wurde ihr am ganzen Körper heiß. Das würde sie alles nicht überleben.

»15 Uhr?«, wollte Susan wissen, und Kaya schaute hilfesuchend ihrer Mutter entgegen, die die Vorspeisen brachte.

»Was magst du noch essen?«, fragte sie ihre Tochter mit einem Lächeln im Gesicht.

»Eis«, sagte Klemens. »Ich glaube, sie muss abkühlen.«

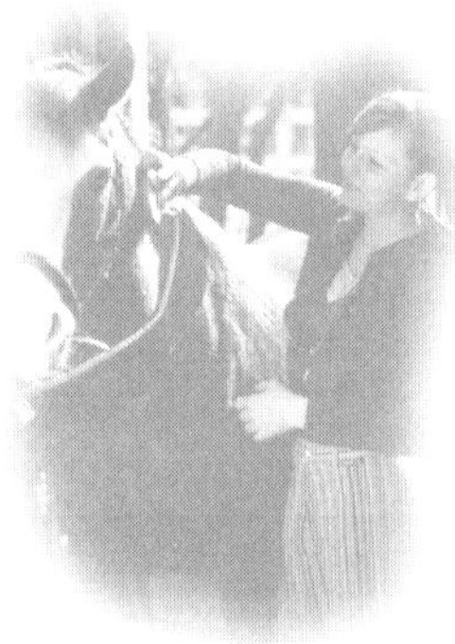

Am nächsten Tag war Kaya schon lange vor ihrer ersten Springstunde bei Klemens im Stall. Jetzt galt es. Jetzt musste sie einen super Eindruck hinterlassen. Wenn schon alles schiefgehen würde, dann wenigstens mit einem astrein gepflegten Pony. Sie striegelte *Sir Whitefoot* doppelt so gründlich wie sonst. Das tat nicht nur ihm gut, sondern ihr auch – zumindest spürte sie, dass die Arbeit ihre Aufregung bremste.

Und zur Feier des Tages nahm sie sich auch noch ihre Stiefel vor. Oje, bei genauem Hinsehen hatten die es auch nötig. Sie putzte und wienerte, bis das Leder richtig glänzte. Hoffentlich machte sie sich damit bei den anderen nicht lächerlich, die Freundinnen waren alle eher nachlässig, jedenfalls was deren eigene Ausstattung anging. Aber gut, das hier war ihr Ding, für sie war diese Stunde bei Klemens etwas Besonderes. Und sicherlich hätten alle anderen gern mit ihr getauscht.

Sie dachte nach. Die Trense und der Sattel! Und das Gebiss! All das musste super sauber sein. Sie hatte mal gehört, dass manche Trainer äußerst streng auf gepflegtes Sattelzeug achteten. Zumindest das konnte sie Klemens bieten – sie steigerte sich richtig ins Putzen hinein.

Um fünf vor drei kam Susan zu ihr und begrüßte sie mit dem wirklich blöden Spruch: »Fünf Minuten vor der Zeit ist des Soldaten Pünktlichkeit!«

Kaya nickte und war froh, dass sie so früh angefangen hatte. Jetzt war wirklich alles perfekt.

»Der sieht ja fantastisch aus!«, erklärte Susan dann auch anerkennend und fuhr über *Sir Whitefoots* Fell. »Picobello, der Kleine! Und schau, hier ist eines von Jos Vordergeschirren. Sie braucht's im Moment nicht. Es ist zum Ersatz, wenn ihr anderes während einer Vielseitigkeit mal reißt.«

Susan ging gleich handfest ans Werk und baute dem etwas verdattert dreinschauenden *Sir Whitefoot* das Vorderzeug an. Es war ein wenig zu klein geschnallt, denn *Andy* war ja doch ein bisschen schmaler, aber Susan und Kaya machten es schnell passend.

»Hey Kaya!« Jo kam vorbeigeritten, hielt kurz an und tätschelte ihren *Andy*, der schon freudig darauf zu warten schien, dass die Reitstunde endlich losging. »Kommst du gleich in die Halle? Ich reite schon mal ein bisschen Schritt.«

Kaya nickte. »Klar! Ich bin sofort da!« Sie holte noch

schnell ihre Springgerte aus dem Spind und lief dann mit *Sir Whitefoot* zur Halle. Auf dem Weg dahin kam ihr Claudia entgegen, die demonstrativ einen Daumen drückte. »Das ist eine gewaltige Chance für dich«, sagte sie. »Er ist als Trainer wirklich angesehen!!«

»Ja, ich weiß«, sagte Kaya. »Ich schwanke auch zwischen Furcht und Freude!«

Außer Jo schien noch niemand da zu sein. Kaya schaute sich kurz um und entschied sich dann, schon mal aufzusitzen. Schritt, hatte Jo gesagt, das galt bestimmt auch für sie und *Sir Whitefoot*. Doch gerade als sie ihr Bein über den Sattel geschwungen hatte und *Sir Whitefoot* wie immer ein paar Schritte anlief, bevor sie richtig saß, dröhnte plötzlich die laute Männerstimme aus der hintersten Hallenecke an ihr Ohr. »Das wird aber sofort noch mal wiederholt!«

Vor Schreck fiel Kaya fast aus dem Sattel. Was war denn jetzt falsch? Die Reitstunde hatte noch nicht einmal richtig angefangen und schon gab's Ärger? Sie verstand nur noch Bahnhof. *Sir Whitefoot* war stehen geblieben, und beide schauten sie Klemens entgegen, der aus der anderen Hallenecke herüberkam.

»Dein Pony darf doch nicht einfach loslaufen, wenn du gerade aufsteigst. Das ist die erste Gehorsamsübung einer jeden Reitstunde, dass dein Pony so lange stehen bleibt, bis du fest im Sattel sitzt und die Hilfe zum Losreiten gibst.«

Okay, das wusste sie von Claudia auch, aber *Sir Whitefoot*

hatte es bisher noch nicht verstanden. Kaya stieg also noch mal ab und von Neuem auf, wobei Klemens sich vor *Sir Whitefoot* stellte, damit der nicht gleich wieder ein paar Schritte machte.

Dann machte sich Klemens daran, Sprünge aufzubauen, wobei ihm Susan fleißig half. Kaja und Jo nutzen die Gelegenheit, noch ein paar Runden im Schritt zu reiten.

»Und wie geht es dir?«, wollte Jo wissen.

Kaya hatte einen trockenen Hals. Sie musste sich räuspern und Jo winkte ab.

»Musst dir wirklich nichts bei denken!« Sie grinste. »Oh Mann, ich weiß noch, wie meine erste Stunde bei Klemens war! Als sei es gestern gewesen! Ich war ja noch ein Knirps … vielleicht fünf oder sechs, aber ich wollte unbedingt springen und so setzte Klemens mich auf Hansi. Hihi, das war ein kleines Schimmelpony, schon 23 Jahre alt! Der hatte schon so einige kleine Kinder durch die erste Springstunde getragen. Mit dem leichten Sitz hatte ich das nicht so richtig raus … Klemens sagte immer, ich sollte mich hinter der Mähne verstecken. Ich bin schon beim dritten kleinen Kreuz runtergepurzelt. Hansi war so brav, der blieb direkt neben mir stehen, und als ich dann so weinend auf dem Boden saß, kam Klemens und hat mich einfach falsch herum wieder auf Hansi draufgesetzt. Da musste ich echt lachen, und so bin ich immer weitergeritten und hab mit der Zeit alles von Klemi gelernt, was ich heute so kann!«

Kaya hatte völlig fasziniert zugehört. Komisch, irgendwie hatte sie geglaubt, Jo wäre schon immer so gut gewesen. Aber klar, ihr ist das auch nicht vom Himmel zugefallen. Irgendwann hatte sie auch mal klein angefangen. Aber so früh – und dann direkt mit so einem Trainer …

»Also«, fuhr Jo fort, »du brauchst dir echt keine Sorgen zu machen, Klemens reißt keinem den Kopf ab, wenn's mal nicht so klappt. Nur Mut!« Sie machte eine kurze Pause. »Und jetzt bin ich ja mal gespannt, was *Sir Whitefoot* uns heute zeigt.«

Ach ja, das hätte sie ja fast vergessen. Sie musste ja springen. Bevor sie weiter darüber nachdenken konnte, gab Jo das Kommando zum Antraben.

Susan und Klemens hatten inzwischen einen Parcours aufgebaut und vor einen der Sprünge legte Klemens nun eine Stange auf den Boden und sagte: »So, wenn ihr die Pferde gelöst habt, trabt ihr einfach mal gegen diesen Trabsprung.«

Kaya winkte Jo, beim Warmspringen wollte sie ihr den Vortritt lassen. Schließlich wusste Jo am besten, wie es in Klemens' Reitstunden so vor sich ging. *Andy* ging locker voraus und *Sir Whitefoot* schloss sich mit einigem Abstand an. Er war gut drauf und ging den Sprung fröhlich an. Klemens hatte erstaunlich wenig an ihm und ihr auszusetzen. Das beruhigte sie ein wenig und jetzt konnte sie schon viel zuversichtlicher an die Sache rangehen.

Nun sollten sie nach dem einzelnen Trabsprung aus dem Trab über eine kleine Reihe von niedrigen Hindernissen kommen. »Das sind Gymnastikübungen«, erklärte Klemens und *Sir Whitefoot* kam dabei richtig in Fahrt. Er buckelte jedes Mal los, sobald sie über die vier eng aufeinanderfolgenden Sprünge hinweggesprungen waren. Kaya hatte das Gefühl, dass es ihrem Pony richtig Spaß machte.

»Jetzt wird er erst mal richtig warm.« So wie Klemens das sagte, schien es ihn zu freuen.

Als es aber an den Parcours ging, spürte Kaya die Aufregung wieder in sich hochsteigen. Du lieber Himmel! Klemens hatte sich einen so langen Parcours ausgedacht, den würde sie sich doch nie merken können. Für Jo schien das dagegen alles völlig normal zu sein, und mit einem »Mmh, okay« machte sie Klemens deutlich, dass sie seine knappe Parcoursbeschreibung verstanden hatte. Locker ritt sie los.

»Du kannst dir den Parcours bei Jo erst noch einmal anschauen«, erklärte Klemens, und Kaya dachte, dass sie das auch dringend müsste, weil sie überhaupt nichts begriffen hatte. Und hoffentlich schaute auch *Sir Whitefoot* zu, dann waren sie wenigstens zu zweit! Möglicherweise würden sie's ja gemeinsam kapieren. Aus der Ecke heraus beobachtete Kaya, wie *Andy* mit Jo über den Parcours ging. Klemens hatte eine Kombination aufgebaut, sogar eine dreifache Kombination, doch Jo kannte alle diese Anforderungen und *Andy* sprang mit der Leichtigkeit eines kleinen Vollgummiballs über alles hinweg. Das sieht bei denen so einfach aus!, dachte Kaya und streichelte *Sir Whitefoot* über den Hals. »Schau dir das genau an, mein Süßer, wir machen das jetzt genauso.«

»Gut, Jo! Gleich noch eine höhere Runde«, rief Klemens, als Jo den Parcours beendet hatte. »Und jetzt du, Kaya.«

Kaya galoppierte aus dem Schritt heraus an. Das tat *Sir Whitefoot* zwar nicht immer ganz perfekt, aber so ein bisschen erfahren wollte sie sich schon geben – zumal Klemens vorhin gesagt hatte, dass ein Springreiter, wenn das Pferd gelöst sei, nicht mehr im Trab starte.

Sir Whitefoot schien sich auch wie ein Profi zu fühlen, denn der Parcours klappte super. Kaya war ganz beschwingt, als sie zu der dreifachen Kombination, dem letzten Hindernis, kamen. Gleich würden sie es geschafft haben, dachte Kaya, und eigentlich fühlte sie sich bereits im Ziel angekommen, da blieb *Sir Whitefoot* plötzlich im letzten Moment ruckartig vor dem Sprung stehen.

»Hooo, jetzt keine Aufregung!«, kam es von Klemens. »Das war doch mal ein typischer Reiterfehler. Da konnte dein Pony überhaupt nichts dazu. Du hast schon vor dem letzten Hindernis an das Ziel gedacht und dich gar nicht mehr auf deine Wegführung konzentriert! Da weiß doch dein kleiner Weißfuß gar nicht mehr, wo er überhaupt hinspringen soll! Du musst gerade auf das Hindernis zureiten.

Und schön in der Mitte und in der Wendung am Reiten bleiben. Den Rhythmus nicht abbrechen.«

»Und das soll ich alles gleichzeitig machen?«, platzte es aus Kaya heraus. Das konnte sich doch niemand merken!

»Das schaffst du«, sprach ihr Klemens Mut zu. »Versuch dich bloß auf deine Linienführung zu konzentrieren.«

Kaya galoppierte erneut an und holte diesmal ein ganzes Stück weiter aus als vorher. Klemens half ihr dabei noch, indem er sich so hinstellte, dass sie genau um ihn herum reiten musste, sodass sie dann die richtige Richtung zum Sprung hatte. *Sir Whitefoot* gab ihr schon in der Wendung das Zeichen, dass er nun wusste, was zu tun war. Er spitzte seine Ohren und zog das Hindernis an. Und kaum dass sie sich versahen, waren Kaya und *Sir Whitefoot* schon über alle drei Sprünge hinweg.

»Na super«, rief Klemens erfreut. »Das kannst du gleich noch mal wiederholen.«

Jetzt, da Kaya den richtigen Weg kannte, fiel es ihr auch viel leichter, den Rhythmus zu halten, und es schien, als fände *Sir Whitefoot* die passende Distanz zum Sprung nun schon fast von alleine.

»Na, hast du den Unterschied gemerkt?«, wollte Klemens wissen.

Kaya war völlig hingerissen. »Das war ja toll! Als könnte *Sir Whitefoot* das alles allein!«

»Das kann er auch! Du musst ihm nur die Chance geben,

den Sprung richtig zu sehen. Dann weiß das Pferd selbst, wann es abspringen muss. Wenn du dann noch den Rhythmus in der Wendung beibehältst, hat dein Kleiner genug Schwung, um über Häuser zu springen. Er hat ganz sicher gutes Potenzial und eine absolut nette Manier.«

»Wirklich?« Aber das war eigentlich keine Frage, sie sagte es mehr zu sich selbst, denn sie spürte schon, wie sie vor lauter Stolz wuchs! Ihr *Sir Whitefoot*! Ein solches Lob von Jos Trainer!

Klemens lief auf den nächsten Sprung zu und sagte: »Dann bauen wir doch gleich mal ein bisschen hoch.«

Sofort sackte Kaya wieder in sich zusammen. Gerade hatte sie die größte Herausforderung geschafft und nun sollte sie etwa noch höher springen?

»Und dieses Mal fängt Kaya an. Sie ist gerade so gut in Gang.«

Na prima, dachte Kaya, damit wäre meine Frage ja beantwortet. Jetzt zeig keine Schwäche, ermahnte sie sich. Beiss die Zähne zusammen! Nur die Härtesten schaffen es! Im Kopf ging sie noch einmal durch, was sie eben gelernt hatte. Und dann hob sie den Blick, um den Parcours zu checken. Oje, das war nun wirklich schon ein ganzes Stück höher. Auf geht's, gab sie sich das Kommando und ritt los. Klemens hatte recht, *Sir Whitefoot* und sie waren nun wirklich »gut in Gang«. Sie meisterten den Parcours ohne Probleme.

»Und nie vergessen: Konzentration bis nach dem Ziel!«, sagte Klemens, als Kaya ihr Pony mit einem breiten Grinsen auf dem Gesicht locker austraben ließ, damit es seinen Hals noch einmal schön strecken konnte.

»Na, besser hätte es doch nicht laufen können«, meinte Jo, nachdem auch sie den höheren Parcours gesprungen hatte. *Sir Whitefoot* war allerdings mindestens doppelt so nass geschwitzt wie *Andy*. Kaya fuhr mit der Hand über seinen feuchten Hals. Na ja, war ja irgendwie auch klar, dachte sie, eine solch enorme Kondition wie *Andy* konnte er ja nicht haben. Woher auch.

»Zuerst habe ich gedacht, ich kann mir das nie merken«, sagte Kaya zu Jo und schüttelte den Kopf. Jo lachte.

»Gut, dann verrate ich dir was«, sagte sie mit einem Seitenblick zu Klemens, der sich gerade mit Susan unterhielt. »Zu Hause mussten wir immer absteigen und unsere Pferde eine halbe Stunde an der Hand führen, wenn wir mal nicht das gemacht haben, was Klemens gesagt hat. Das prägt sich ein. Nachher hört man deutlich genauer hin, wenn er etwas erklärt.« Sie zwinkerte ihr zu. »Du hast das echt klasse gemacht. Vor der Stunde wollte ich dir übrigens nicht sagen, dass Klemens einen übel strengen Ruf hat. Dabei finde ich ihn gar nicht so streng. Er ist nur sehr konsequent und das muss ein Reitlehrer ja schließlich auch sein.«

»Ich fand ihn auch nicht streng«, sagte Kaya. »Im Gegenteil, es hat total Spaß gemacht! Und ich hab richtig was gelernt!«

Kaya stieg ab und merkte erst, als die Füße den Boden berührten, dass sie doch ganz schön fertig war. Ihre Beine jedenfalls zitterten. Daran musste die Aufregung schuld sein, dachte sie, denn so richtig kämpfen hatte sie ja nicht müssen.

Sir Whitefoot hatte nicht nur einen nass geschwitzten Hals, auch an seinen Flanken zeichneten sich dunkle Flecken ab. So etwas hatte er noch nie erlebt, zugegebenermaßen sie aber auch nicht.

Draußen kamen nach und nach ihre Freundinnen zögerlich zu ihr heran.

»Hey, das ging ja richtig gut!« Reni klopfte *Sir Whitefoot* auf den Hals und Minka nickte mit bewundernder Miene.

»Die haben echt was auf dem Kasten«, stellte sie fest. »Frag doch mal diesen Klemens, ob er nicht hierbleiben will. Das wäre doch für uns alle super!«

Kaya lachte. »Ja, das schon.« Sie senkte die Stimme: »Aber dann hätte unser gemütliches Lotterleben auch ein Ende.« Sie blickte sich um, hoffentlich hatte er es nicht gehört.

»Das glaube ich dir gern.« Fritzi nahm *Sir Whitefoot* den Sattel ab und fragte: »Und jetzt?«

»Jetzt schwamme ich ihn ab, und dann gehe ich ein bisschen mit ihm spazieren und erzähle ihm, was er heute für ein tolles Pony war!«

»Das war er wirklich!«, bestätigte Cindy. »Hat Claudia vorhin auch gesagt!« Sie sah so stolz aus, als ob sie selbst geritten wäre.

Kaya hatte die Trense gegen ein Halfter mit Führstrick getauscht und marschierte nun mit ihrem Pony über die Straße hinweg in Richtung Feldweg. Viel Schritt hatte Susan gesagt. Vor und nach der Arbeit immer an die Pferdebeine und an die Muskulatur denken – das tat sie jetzt. Was war sie früher doch sorglos gewesen. Hatte gedacht, alles würde von selbst gehen. Nein, man musste was dafür tun. Sie schwor sich, in Zukunft ernsthafter an sich und *Sir Whitefoot* zu arbeiten.

Sir Whitefoot schien das allerdings gerade nicht so zu sehen. Links und rechts des Feldweges lagen die Koppeln und so blieb er alle zehn Meter an jedem neuen Koppeleingang stehen. Kaya hatte ihre liebe Mühe, ihn beständig im Schritt zu halten. Und nachdem die Koppeln hinter ihnen lagen und das freie Feld vor ihnen, fand er das hoch stehende Gras am Rand des Weges so anziehend, dass er Kaya ständig mitzog. Das Ganze drohte in einen Kampf auszuarten. Aber von Trixi, die bei Claudia Bodenarbeit machte, hatte sie gelernt, dass das Leittier am anderen Ende des Zügels zu sein hatte, und das war in diesem Fall sie. Bloß hatte sie nicht die Autorität einer Trixi, die vor allem mit Hengsten umging, und so musste sie sich nun überlegen, wie sie

Sir Whitefoot klarmachen konnte, dass sie, Kaya, die »Leitstute« war. Der drängte sie einfach ab. Mit seinem kleinen, aber muskulösen Körper ging er auf Tuchfühlung mit ihr und schob sie langsam aber sicher nach links zur Wiese.

»Nein!«, schimpfte Kaya und drückte dagegen. Dann fielen ihr Trixis Worte ein. *Das Kräftemessen der Hengste beginnt mit einer leichten, harmlos scheinenden Schubserei. Wenn du dem nicht gleich richtig entgegenwirkst, zeigt er dir das nächste Mal, dass er 500 Kilo mehr hat als du. Dann hast du verloren.*

500 Kilo mehr hatte *Sir Whitefoot* zwar nicht, aber 300 waren es allemal. Sie ruckte kurz, aber heftig am Führstrick, um ihm zu zeigen, dass *sie* hier das Programm zu bestimmen hatte, da klingelte ihr Handy. Völlig unpassend, fand sie, aber als sie es herauszog und auf dem Display Chris' Namen las, vergaß sie ihre Erziehungsmaßnahmen. *Sir Whitefoot* schob und zog sie direkt in die Wiese, und da stand sie nun neben ihm, während sie sich auf das Gespräch konzentrierte und bemüht war, mit völlig desinteressierter Stimme »Ja?« zu sagen. Sie hätte auch »Hey Chris« rufen können, aber dann hätte er ja sofort gewusst, dass sie seine Nummer gespeichert hatte. Und selbst wenn er es ahnte, er sollte nicht davon überzeugt sein.

»Hey Kaya«, sagte er. Schon allein der Klang seiner Stimme jagte ihr eine Gänsehaut über den Rücken.

»Ach, Chris – du bist es.« Sie sprach möglichst unterkühlt.

»Wo steckst du?«

»Mit *Sir Whitefoot* beim Auslaufen im Gelände. Wir hatten gerade eine Springstunde bei Jos Trainer!«

»Ach!«

Na, das war garantiert auch für Chris eine krasse Neuigkeit. Sie kam sich fast ein bisschen wie eine Angeberin vor.

»Da kam die neue Satteldecke ja gerade recht ...«

Sie hörte sein Lächeln in der Stimme.

»Ja, wir sahen cool aus«, sagte sie voller Überzeugung. »Und es ging auch richtig gut!« Das war zwar nicht die komplette Wahrheit, aber so ein klein wenig sollte er sie ruhig bewundern.

»Na, dann kannst du in Donaueschingen ja gegen mich starten. Ich nehme an, ihr seid auch dabei?«

Sir Whitefoot zog sie noch weiter in die Wiese hinein, hin zu hohem saftigem Gras, und sie überlegte inzwischen, wovon er eigentlich sprach.

»In Donaueschingen?«, fragte sie. »Du startest doch bestimmt gegen Ehning und Beerbaum?« Sie versuchte es etwas ins Spaßige zu ziehen, denn sie hatte keine Ahnung, was er von ihr wollte, und *Sir Whitefoot* stapfte grasend voran und zog sie am Strick weiter hinter sich her.

Er lachte. »Na, ich meine das Mannschaftsspringen für Vereinsmannschaften am Donnerstag. Vorprogramm, wenn du so willst!«

»Ach so, ja!« Sie zögerte. »Klasse M, oder?«

»Quatsch! Da soll ja jeder mitmachen können, A natürlich!«

Aha, und weil da jeder mitmachen kann und weil es somit in seinen Augen keine besondere Anforderung war, fand er wohl, dass sie da locker mitmachen könne. Sie sagte mal besser nichts.

»Claudia hat doch sicherlich eine Vereinsmannschaft aufgestellt?«, fragte Chris und es klang schon fast etwas verwundert.

Kaya war völlig überfragt und das Gespräch begann ihr lästig zu werden. »Ich glaube nicht, dass *Sir Whitefoot* schon so weit ist!«

»Ja, aber du hast doch in den letzten Jahren viel dazugelernt, das müsstest du doch eigentlich schaffen.«

»Ohne Pferd schon!« Jetzt war sie wirklich sauer. Was dachte er sich eigentlich? Seine Eltern hatten ihm ein Springpony gekauft, das schon einmal bei einer Europameisterschaft platziert gewesen war. So ein Pony kostete irgendwas um die hunderttausend Euro. Und ihr *Sir Whitefoot* war ein Findelkind*, ihre Eltern mussten für dessen monatliche Stallmiete und all die anderen Dinge hart arbeiten und bestimmt verzichteten sie deshalb sogar auf manches. Wie konnte er so gedankenloses Zeugs daherreden!

»Na, mach dir nichts draus«, hörte sie ihn sagen. »Besser

* Band 3: »Kaya bleibt cool«

nicht starten, als sich zu blamieren. Ist schließlich auf dem original Donaueschinger Turnierplatz, mit Tribünen, internationalen Fahnen und allem Pipapo!«

»Das hatte ich alles in Aach* auch schon mal«, sagte sie verschnupft, »und damals haben wir auch nicht schlecht abgeschnitten!«

»Tja, stimmt, dein dritter Platz mit *Dreamy* war damals eine kleine Sensation.« Er machte eine kurze Pause. »Im A-Bereich!«

»Du warst jedenfalls nicht platziert!«

»Ja, die letzte Kombination. Die hatte es in sich!«

Ja, und die Siegerin, diese 16-Jährige aus der Schweiz mit den langen blonden Haaren auch, dachte Kaya. Die hatte ihn nämlich gleich getröstet …

Sir Whitefoot ruckte so stark am Halfter, dass sie fast umgefallen wäre. Wieder hatte er sie ein Stück weitergezogen. In einem Anflug von Ärger maßregelte sie ihn. Und was lief in Chris' Gehirnwindungen eigentlich ab? Wollte er sagen, dass es reines Glück war, wenn sie über eine E-Prüfung hinauskam und dass sie bei A absolut nichts zu suchen hatte?

Sie runzelte die Stirn und schlug zornig nach einer Bremse, die sich auf *Sir Whitefoot*s Schulter niedergelassen hatte. Ein Blutfleck zeichnet sich auf ihrem Handballen ab.

»Äh!«, machte sie.

* Band 1: »Kaya schießt quer«

»Hhmmm«, hörte sie sein tiefes Räuspern aus dem kleinen Lautsprecher des Handys, das sie noch immer fest ans Ohr gepresst hielt. »Was ich dich eigentlich fragen wollte, war was ganz anderes.« Er machte eine kurze Pause. »Es ist, weil du kürzlich doch nicht mit ins Kino durftest, da dachte ich, ich hole uns eine DVD, also falls du Lust hast.«

Augenblicklich schoss Kayas Puls auf 180.

»Eine DVD?«, sagte sie und empfand ihre Frage sofort als dümmlich. »Hey, cool!«, setzte sie deshalb direkt nach.

»Ja«, bestätigte er. »Fragt sich nur, worauf du Lust hast.«

»*Keinohrhasen*!«, schoss es sofort aus ihr heraus.

»Nicht *Sweeney Todd*?«

»Sweeny – was?«

»Der teuflische Barbier aus der Fleet Street!«

Kaya kannte keinen einzigen Barbier, aber sie hätte sich absolut jeden teuflischen Barbier angeschaut, solange es nur mit ihm zusammen war.

Ihr Zögern interpretierte er anders. »Okay«, sagte er schnell, »schon gut, *Keinohrhasen* habe ich auch noch nicht gesehen, soll witzig sein!«

Kaya nickte.

»Heute Abend?«, fragte Chris. »Kannst du so gegen 19 Uhr kommen? Meine Eltern gehen ins Theater.«

Oh. Sturmfreie Bude. Sie und Chris. Ganz alleine. Das war ein Ding! Sie konnte es nicht fassen.

»Ich frag mal, ob mich jemand fahren kann.«

»Oder du nimmst den Bus. Die Haltestelle ist nicht weit entfernt, ich hole dich dann ab!«

Die Haltestelle kannte sie, da hatte sie schon einmal gestanden, allerdings hatte sie so gar keine gute Erinnerung dran, damals hatte es geschneit, es war eiskalt und sie war todtraurig*. Aber heute war natürlich alles ganz anders! Sie würde da nicht alleine stehen. Er wollte sie abholen, das war ja an sich schon eine kleine Sensation.

»Los, *Sir Whitefoot*«, sie schaute schnell auf ihr Handy, es war schon fast fünf. Sie hatte unglaublich viel Zeit vertrödelt. Da blieben ihr ja nur noch eineinhalb Stunden – wenn überhaupt. Und sie hatte keine Ahnung, was sie anziehen sollte. Und duschen musste sie auch noch. Haare waschen. Sich eincremen. Schminken. Und überhaupt! Wie sollte sie das nur alles schaffen?

»Auf jetzt«, sagte sie und zog den störrischen *Sir Whitefoot* einfach hinter sich her. Der sah das natürlich überhaupt nicht ein, vor allem jetzt nicht, da er in genau der anderen Richtung eine weitere hohe Grasinsel entdeckt hatte.

»Morgen«, bemühte sie sich ihn zu überreden. »Wenn alles klappt, dann gehe ich morgen mit dir eine extra Runde grasen – zu den besten und saftigsten Wiesen, die du je gesehen hast!« Sie hatte so gute Laune, sie hätte die ganze Welt umarmen können.

* Band 3: »Kaya bleibt cool«

Aber Kayas gute Laune schlug schnell um in einen Anflug von Hysterie. Die Zeit, verdammt, die Zeit! Rasend schnell hatte sie geduscht, die Haare geföhnt, sich mit Alexas neuester Bodymilk eingecremt – obwohl darauf die schwesterliche Todesstrafe stand –, die Wimpern sorgfältig getuscht, etwas grauen Lidschatten und reichlich Lipgloss aufgetragen, und nun stand sie in ihrer extra schönen Unterwäsche, die sie sich schon Anfang des Jahres für einen passenden Moment mit Chris gekauft hatte, vor ihrem Schrank. Der BH, schwarz und mit Perlen bestickt, zwickte etwas. Das war ein gutes Zeichen, ihr Busen war größer geworden. Sie lief schnell vor den Spiegel und drehte sich einmal um ihre Achse. Und überhaupt, sie war schön braun. Wenn bloß ihre Nase nicht so groß wäre, sie hätte sich richtig hübsch gefunden. Ihr Vater hatte sie deshalb schon oft getröstet und ihr prophezeit, dass sich das auswachsen würde. Wie zu große Pfoten bei einem Bernhardinerwelpen. Aber was nützte ihr das heute, wo sie hier und jetzt hübsch sein wollte? Jetzt in der Gegenwart und nicht irgendwann in ferner Zukunft!

Dafür war ihr Mund ganz okay. Sie trat näher an den Spiegel heran. Und ihre Haut war auch in Ordnung. Gott sei Dank wurde sie von Akne verschont. Zumindest bis jetzt noch. Bevor sie weiter darüber nachdenken konnte, fiel ihr die Zeit wieder ein. Der Bus fuhr nur jede halbe Stunde. Sie musste unbedingt den um halb sieben nehmen, sonst passte es nicht. Aber noch immer wusste sie nicht, was sie anziehen sollte.

Jeans, das war schon mal klar. Und ein T-Shirt mit einem coolen Ausschnitt, o.k. Sie begann im Schrank zu wühlen, aber gerade dieses eine geile T-Shirt, das ihr vorschwebte, war nicht zu finden. Möglicherweise in der Wäsche. Oder sollte gar ihre Schwester? Nein, das konnte sie nicht glauben. Oder hatte sie es in der Eile nur übersehen?

Schon lag ein ziemlicher Kleiderberg wild auf dem Boden und sie hatte überhaupt keine Übersicht mehr. Egal! Die Zeit lief. Gab es Alternativen? Die weiße, kurzärmlige Bluse mit den Karo-Knöpfen aus Stoff. Die war ganz niedlich, und bei so einer Bluse hatte sie den Vorteil, dass sie – je nachdem – einen Knopf öffnen oder schließen konnte.

Aber weiß auf 'nem schwarzen BH? Nein, da drückte der sich doch ziemlich bescheuert ab. Obwohl – in ihrer Schule liefen einige so rum, sie hatte allerdings immer vermutet, dass die eben nur einen BH besäßen. Aber vielleicht war genau das angesagt? Das verruchte schwarze Teil darunter sollte den ersten, unschuldigen Eindruck vom Weiß zerstören? Sie grinste. Das gefiel ihr.

Schnell riss sie die Bluse vom Bügel und schlüpfte hinein. Sie drehte sich vor dem Spiegel. Klar, der schwarze BH schimmerte durch. Egal. Geht! Und nun noch die schwarzen Ballerinas mit dem leicht weißen Karomuster. Wahrscheinlich würde ihm nicht auffallen, dass das Muster der Blusenknöpfe zu dem der Schuhe passte, aber egal, sie wusste es. Sie fühlte sich gut damit, das war die Hauptsache.

Alles, was sie brauchen würde, raffte sie in Rekordzeit in die neue Tasche, die ihr ihre Mutter kürzlich als »Schnäppchen« mitgebracht hatte, hängte sie sich über die Schulter, stürzte aus dem Zimmer, lief von der Treppe aus wieder eilig zurück, weil sie ihre Jacke vergessen hatte, und rannte dann endgültig die Treppe hinunter.

Ihren Eltern hatte sie schon vorhin Bescheid gesagt, so klopfte sie nur noch kurz an das Küchenfenster des angrenzenden Restaurants, winkte ihrem Vater zu, der sich kurz nach ihr umdrehte, und lief dann, ihre Tasche an die Brust gepresst, so schnell sie konnte, zur Bushaltestelle. Dort stand er schon. Der Linienbus. Verdammt, ging ihre Uhr etwa nach oder hatte sie doch zu lange getrödelt? Hoffentlich sah der Fahrer sie im Rückspiegel. Und hoffentlich hatte er Erbarmen und ließ sie nicht einfach stehen.

Völlig außer Atem kam sie an der noch geöffneten Tür an. Der Busfahrer nickte ihr zu. »Glück gehabt«, sagte er zu ihr, während sie mit offenem Mund nach Luft rang, »dass ich heute für meinen kranken Kollegen eingesprungen bin. Der hätte nämlich nicht gewartet und wäre auf den Punkt losgefahren. Disziplinierung nennt er das!«

Kaya fiel keine passende Antwort ein. Sie sagte einfach nur »Danke«. Und dann dachte sie daran, dass sie nun völlig erhitzt und verschwitzt bei Chris ankommen würde, und alles, was sie bis eben zu Hause so hingezaubert hatte, würde renovierungsbedürftig aussehen. Sicher war die Wimperntusche verlaufen, und der Schwung, den sie ihren dunkelblonden halblangen Haaren mittels Glätteisen und Bürste verpasst hatte, war sicher auch bereits hinfällig.

Mit einem kurzen Seufzer stellte sie sich hinter den Busfahrer, um vielleicht einen Blick in den Rückspiegel da oben erhaschen zu können, aber dazu hätte sie den Spiegel drehen müssen, und das traute sie sich natürlich nicht. Er hätte sie wahrscheinlich rausgeschmissen.

»Ist was?«, fragte der Busfahrer auch gleich darauf, denn natürlich sah er ihre Verrenkungen hinter sich im Spiegel.

Mit einem erneuten Seufzer trat Kaya wieder neben ihn.

»Ich weiß nicht«, begann sie, gab sich dann aber einen Ruck. »Ich bin eingeladen und sehe nach dem Spurt eben bestimmt grauenhaft aus! Und ich habe keinen Spiegel, um mich wieder zu richten!«

Er drehte seinen Kopf und hatte einen amüsierten Ausdruck auf den Lippen. Irgendwie erinnerte er sie an ihren Vater. Wahrscheinlich waren die beiden fast gleich alt.

»Also ich finde, dass du bezaubernd aussiehst. So richtig wild. Viel schöner als so glatt gebürstet!«

Kaya verzog leicht den Mund.

»Aber bitte«, mit einer kurzen Handbewegung drehte er den riesigen Rückspiegel, der in der Mitte der Frontscheibe angebracht war, so stark nach unten, dass Kaya sich tatsächlich darin sehen konnte. Das war ihr nun doch peinlich, und sie blickte sich schnell um, aber der Bus war fast leer und die älteren Damen, die weiter hinten saßen, kümmerten sich nicht um sie.

»Wow«, entfuhr es ihr. »Das nenne ich mal cool!«

»Und was siehst du?«, wollte der Fahrer, noch immer grinsend, wissen.

Kaya musterte sich. Durch das schnelle Laufen hatte ihr Gesicht Farbe bekommen, die Augen blickten dunkel drein und die Haare waren etwas in Unordnung geraten, sahen aber voll und wie extra gestylt aus. Einzelne Strähnen standen ab, was dem Ganzen einen perfekten Look gab.

Kaya nestelte ihren Lipgloss hervor, das war aber auch alles, was auf die Schnelle zu erneuern war.

»Nicht schlecht«, sagte sie, ehrlich von sich überzeugt.

»Na siehst du«, sagte der Busfahrer. »Aber mir wolltest

du nicht glauben!« Er drehte seinen Spiegel wieder zurück. »Und wo erwartet dich der Glückliche?«

Kaya nannte ihm die Haltestelle und lächelte still vor sich hin. Jetzt war sie wieder gefasst und ihre Vorfreude wuchs von Minute zu Minute.

Chris stand lässig da, die Hände tief in den Hosentaschen seiner Jeans vergraben. Sein braunes T-Shirt schmiegte sich eng an seine Brustmuskeln und fiel dann locker nach unten, bis es über den Jeans an seinem Gürtel hängen blieb. Er sah so sexy aus, dass Kaya erneut tief seufzte. Der Busfahrer warf ihr einen Blick zu.

»Schmucker Bursche!«, sagte er. »Der kann sich freuen!«

Kaya war sich nicht so sicher, wie er das gemeint hatte, rief »Tschüss und vielen Dank!« und sprang aus dem Bus.

»Hey«, begrüßte Chris sie und grinste. »Du bist ja direkt pünktlich! Ich ändere mein Frauenbild!«

»Aber bitte!« Kaya fühlte sich obenauf. Sie war verliebt, der Busfahrer hatte sie hübsch gefunden und ihr stand ein gemeinsamer Abend mit Chris und Video bevor. Vielleicht sogar ein Kuschelabend, wer weiß. Sie freute sich.

»Ich habe uns ein paar Chips geholt und Cola ist auch da. Wenn du sonst was magst, wir können noch an einem Laden vorbei …«

»Nein, nein«, wehrte Kaya ab, die möglichst schnell in

seine Arme sinken wollte. Da konnte sie auf alles andere verzichten, selbst auf Chips und Cola!

Chris wohnte am Rande der Stadt in einem Neubaugebiet. Das Einfamilienhaus seiner Eltern war recht groß und stand, im Gegensatz zu den Nachbarhäusern, etwas zurückgesetzt auf einem gepflegten Grundstück. Eine breite Einfahrt führte direkt zum repräsentativen Eingang, der rechts und links von schmalen, bis zum Boden reichenden Fenstern umrahmt war. Kaya war schon mal drin im Haus, sie hatte hier mit Chris, dessen Eltern und Freunden Silvester gefeiert* und kannte einige Räume, aber in Chris' Zimmer war sie bisher nicht gewesen. Damals hatte sie im Gästezimmer übernachtet. Sie war gespannt.

Chris öffnete die Haustüre. Kaya schaute sich schnell um. Ja, genau so hatte sie es in Erinnerung. Die Wendeltreppe neben der Garderobe führte sowohl nach unten als auch nach oben. Unten war die Bar, die kannte sie. Chris ging voraus in die Küche, holte eine Flasche Cola aus dem Kühlschrank, klemmte sich die Flasche unter den Arm, angelte zwei Gläser aus einem Schrank und warf ihr einen fragenden Blick zu. »Wodka hätte ich auch da, falls du einen Schuss dazuhaben willst!«

»Nein danke«, sagte Kaya und schüttelte den Kopf. Sie wollte lieber bei klaren Sinnen bleiben. Wer weiß, vielleicht

* Band 4: »Kaya ist happy«

dachte er ja, als Tochter von Wirtsleuten sei sie mit einer Alkopopflasche auf die Welt gekommen.

Er ging ihr wieder voraus. An der Wendeltreppe vorbei in den hinteren Trakt des Hauses. Aha, da musste sein Zimmer sein. Das Elternschlafzimmer und der Gästeraum waren oben, das wusste sie vom letzten Mal. Und Charlotte hatte ihr Zimmer auch im Obergeschoss, das wusste sie auch. War Chris also der Einzige in der Familie, dessen Zimmer ebenerdig lag und von wo aus man direkt in den Garten gelangte? Dann konnte er ja durchs Fenster kommen und gehen, wie er wollte. Auch nicht schlecht.

»Et voilà«, er öffnete schwungvoll die Türe für sie und ließ sie an sich vorbeieintreten. Das Zimmer war doppelt so groß wie ihr eigenes und sah eher wie ein Designerzimmer von Erwachsenen aus als wie ein Jugendzimmer. Aber wahrscheinlich fühlte man sich mit sechzehn ja auch schon sehr viel erwachsener als mit vierzehn.

»Cool«, sagte sie, obwohl ihr die Einrichtung mit den spärlichen Möbeln, dem Glasschreibtisch und der eingebauten, weißen Schrankwand fast ein bisschen kalt vorkam. Da fand sie ihr eigenes Zimmer doch bedeutend gemütlicher. Das Einzige, was sie hier wirklich lockte, war das große Bett mit heller Tagesdecke, das einladend gegenüber im Raum mit Ausblick zum Garten stand. Und überhaupt, er musste nicht durchs Fenster krabbeln, er hatte eine eigene Verandatüre, die sperrangelweit offen stand.

Chris wies auf vier Säcke aus rotem Leder, die wie große Spitzhütchen aussahen und um einen kleinen Tisch herumgruppiert waren. »Mach's dir gemütlich«, sagte er, stellte die Gläser und die Flasche ab und nahm eine DVD vom Tisch, die er demonstrativ hochhielt. »So, die hier ist exklusiv für uns beide, *Keinohrhasen*!«

Kaya beäugte einen der Säcke zunächst misstrauisch und ließ sich dann langsam darauf nieder. Der Sitzsack gab sofort nach und sie sank tief ins Bodenlose. Während sie etwas unglücklich darin hing und sich mühte, durch Hin- und Herrutschen eine bessere Position zu finden, öffnete Chris eine der Schranktüren und zog ein Fach heraus, auf dem ein Flachbildfernseher mit einem integrierten DVD-Player stand. Er schob die DVD ein, nahm die Fernbedienung und drückte auf dem Weg zurück an der Wand auf einen Schalter, worauf an allen Fenstern Jalousien nach unten rollten. Wirklich modern, dachte Kaya.

»So, gleich geht's los«, erklärte er, riss die Tüte Chips auf, ließ sich in den Ledersack neben Kaya sinken und drückte auf der Fernbedienung *Play*. Die Mattscheibe erhellte sich, während es im Zimmer immer dunkler wurde, denn gleich waren die Jalousien ganz unten.

Kaya hatte Mühe, sich zu konzentrieren. Da saß er nun wie ein Schatten neben ihr, nur eine Armlänge entfernt und war trotzdem so unerreichbar. Wären sie mal besser ins

Kino gegangen, da hätte sie wenigstens nur eine Armlehne getrennt, die ließ sich leicht überwinden. Wie kam sie nun an ihn ran? Sie beugte sich zur Chipstüte vor und alberte mit kleinen Rutschbewegungen ein bisschen auf ihrem beweglichen Ledersack herum, aber Chris fragte sie nur, ob er ihr ein Glas Cola einschenken solle. Ansonsten könne sie sich ja, fügte er noch hinzu, ruhig selbst bedienen.

Unromantischer ging es wohl kaum, fand sie.

Es deckte sich mit dem, was da eben auf dem Bildschirm vor sich ging. Ein verliebtes Promi-Pärchen feierte eine Verlobung und über ein Glasdach rückten Sensationsreporter an. Sie war kein Promi, aber trotzdem verliebt. Wie konnte sie hier, verdammt noch mal, mehr Stimmung schaffen?

Das Glasdach brach und die beiden Boulevardjournalisten krachten runter, mitten in die Torte. Chris lachte laut.

»Hast du vielleicht eine Kerze?«, fragte Kaya. Dass Chris sie erstaunt ansah, konnte sie nur ahnen.

»Wenn es dir zu dunkel ist, kann ich die Jalousien auch wieder ein Stück hochlassen!«

»Nein, nein, ich mag Kerzenlicht gern«, sagte sie schnell.

»Hm, ich wüsste nicht, wo ich jetzt eine herkriegen sollte«, überlegte er, weiterhin mit einem Auge am Fernseher klebend, »vielleicht im Wohnzimmer … oder möglicherweise …«

»Lass«, unterbrach ihn Kaya. »Ist nicht so wichtig! War nur eine Idee.«

»Gut!« Damit war die Sache für ihn erledigt und er konzentrierte sich wieder voll auf den Film. Kaya nun auch, jetzt wurde der Reporter von einem Gericht für seine Spitzelaktion zu 300 Stunden Sozialarbeit in einer Kita verdonnert, und dort traf er auf eine Frau, die er als Kind immer verhöhnt hatte. Nur, jetzt war sie die Leiterin der Kindertagesstätte und somit seine Chefin.

Das gefiel Kaya, sie hörte auf, sich wegen Chris Gedanken zu machen. Und kaum zeigte sich, dass Ludo, so hieß der Reporter, für seine früheren Untaten würde büßen müssen, erkundigte sich Chris, ob sie auch bequem säße.

»Die sind neu«, fügte er hinzu. »Wir haben erst kürzlich das ganze Zimmer umgekrempelt. Sie haben nur den Nachteil, dass man sich nicht anlehnen kann. Nach einer Weile tut mir immer das Kreuz weh!«

Das Problem hatte Kaya zwar nicht, aber sie pflichtete ihm schnell bei.

»Wir könnten uns aufs Bett setzen, wenn du magst, da kann man sich an der Wand anlehnen und sieht genauso gut.« Er deutete nach hinten zu dem großen Bett. In der Zwischenzeit hatten sich Kayas Augen so gut an die Dunkelheit gewöhnt, dass sie seine Züge recht deutlich ausmachen konnte. Er sah sie erwartungsvoll an. Aha, dachte sie, aufs Bett. Das wollte sie ja von Anfang an.

»Ist vielleicht eine ganz gute Idee«, erklärte sie und stand auf, bevor er es sich anders überlegen würde.

Er hob den kleinen Tisch an und trug ihn ans Bett. Kaya streifte ihre Ballerinas ab und rutschte flink über die Tagesdecke an die Wand. So, diese Ausgangsposition gefiel ihr schon besser. Wenn sie ihre Zehen ausstreckte, kam sie gerade mal bis an die Bettkante. Das Bett war ganz schön breit. Gemütlich und breit.

Chris brachte zwei Kissen mit, die sie sich hinter den Rücken stopften. Jetzt saßen sie so dicht nebeneinander, dass sich ihre Beine berührten. Jeansstoff gegen Jeansstoff. Das fühlte sich erotisch an. Sie räkelte sich wohlig mit dem Rücken an der Wand. Bei den »*Keinohrhasen*« piesackte in der Zwischenzeit Anna, die Chefin, ihren Freund aus Kindertagen und der konnte sich nicht wehren. Denn die Alternative zu seiner Sozialarbeit-Strafe wäre der Knast.

Chris griff nach der Chipstüte und legte sie sich in den Schoß. Kaya überlegte, ob sie einfach hinübergreifen sollte. Oder war das zu plump? Eigentlich wäre es ihr lieber, wenn er den ersten Schritt tun würde. Aber vielleicht hatte er sich die Chipstüte ja extra in den Schritt gelegt? Sollte sie das als Aufforderung verstehen? War das der berühmte Wink mit dem Zaunpfahl? Sie war sich nicht sicher.

Sie hörte ihn rascheln und sah, wie er ein besonders großes Stück aus der Tüte zog. Seine Hand kam in der Dunkelheit direkt auf ihren Mund zu. Hoppla. Sie zögerte kurz, dann knabberte sie den Kartoffelchip aus seiner Hand. Ein Rest bröselte auf die Decke. Chris schleckte sich die Finger ab. »Hm«, machte er. »Die Paprikachips sind einfach die Besten!« Und wieder holte er einen für Kaya aus der Tüte.

Sie wollte es ihm gleichtun, zog ebenfalls einen Chip aus der Tüte und führte ihn zu seinem Mund, doch er biss so schnell zu, dass sie ihre Hand reflexartig mit einem spitzen Schrei zurückzog. »Autsch!«

»Nichts autsch. Ich habe dich ja gar nicht erwischt!« Er lachte, legte seinen Arm um ihren Hals und zog sie zu sich herüber. Die Chipstüte knirschte zwischen ihnen und Kaya konnte nicht anders, sie musste an die schönen Chips denken, die jetzt alle futsch waren …

Seine Lippen fanden ihren Mund, und er rutschte mit ihr an der Wand herunter, bis sie längs auf dem Bett lagen, die Beine ineinander verhakelt. Kaya spürte seine Zunge zwischen ihren Zähnen und sie öffnete ihren Mund etwas, ließ ihn herein. Langsam begann sie, sein Spiel mitzuspielen, seine Zunge mit ihrer zu erkunden, und drang ebenfalls ab und zu in seinen Mund vor. Die Zungen suchten sich, wichen einander aus, umkreisten und berührten sich, Kaya spürte, wie sie immer lockerer wurde, das verkrampfte Gefühl in ihren Schultern ließ nach, es begann ihr Spaß zu machen. Chris lag, auf einem Ellbogen abgestützt, halb auf ihr, und mit einem Ruck drehte sie sich nach oben. Nun lag er halb unter ihr, das machte die Sache noch spannender.

Sie küsste ihn heftiger, ihre Zungen torpedierten sich geradezu, und sie berührte mit ihrer Brust andeutungsweise kurz seinen Oberkörper. Durch sein dünnes T-Shirt musste er ihre Brustwarzen spüren, dachte sie und bewegte ihren Oberkörper auf seinem leicht hin und her. Das war ein unglaublich gutes Gefühl, da drückte er sie plötzlich fest an sich und drehte sie um. Jetzt lag sie wieder auf dem Rücken und unten. Sie spürte, wie sich seine Hand unter ihre enge Bluse schob, und als er nicht weit kam, begann er, sie einhändig aufzuknöpfen. Ihr Puls raste. Ihr wurde total heiß.

Was würde passieren, wenn?

Sie hatte keine Ahnung.

Sie konnten hier doch nicht so einfach …

Aber noch wollte sie sich keine ernsthaften Gedanken darüber machen, wie weit es gehen könnte. Im Moment war das hier viel zu schön. Sie war am Ziel ihrer Träume, sie hatte Chris ganz für sich alleine. Sie war glücklich.

Da wurde plötzlich die Türe aufgerissen und sie fuhren hoch und auseinander. Im hellen Licht der Türöffnung stand Charlotte und blinzelte in die Dunkelheit.

»Huch«, sagte sie. »Was ist denn bei euch los? Ich dachte, ihr schaut euch einen Film an?«

»Wir schauen einen Film!«, erwiderte Chris drohend und richtete sich etwas auf.

»Ich möchte den auch sehen!«

»Das ist kein Film für dich!«

»Das stimmt nicht! Mutti hat gesagt, du hast *Keinohrhasen* geholt und ich bin immerhin bald elf, also darf ich auch schauen!« Ihr Ton wurde trotzig und gleichzeitig weinerlich, und obwohl Kaya sie am liebsten auf den Mond geschossen hätte, konnte sie nachfühlen, wie sie sich dort am Eingang zum Zimmer fühlen musste. Kleine Schwester, das kannte sie von zu Hause. Jede Zurückweisung schmerzte wie Ausgestoßensein.

»*Keinohrhasen* ist ab 12. Also troll dich!«

»War aber schon ab sechs!«

»Das war ein Fehler!«

Kaya zupfte ihn leicht am T-Shirt. »Lass doch«, flüsterte sie. »Der halbe Film ist doch schon rum, dann sind wir ja wieder alleine!«

Chris schnaubte unwillig und Charlotte traute sich einen weiteren Schritt ins Zimmer. Ihr Blick ging begierig zum Fernseher und auch Kaya schaute wieder hin. Ludo saß mit einer blonden Frau, einer Mitarbeiterin und Freundin der Chefin, am Küchentisch. Sie trug rechts und links lustige Pferdeschwänzchen, wie man es oft bei Kindern sah. Charlotte kam näher und setzte sich zu Chris und Kaya auf die Bettkante. Kaya richtete sich auf und rückte ihre Bluse zurecht, aber Charlotte schaute ohnehin nur zum Fernseher.

Chris stöhnte gereizt.

»Ich glaub, ich muss dir mal was erklären!«, sagte die Blonde gerade. »Es gibt drei Sorten Männer ... die, die es gar nicht machen, die Wühler und Piker. Die, die es gar nicht machen, wollen, dass Frauen sich rasieren, haben aber selber einen Busch ...«

Kaya räusperte sich und fragte Charlotte schnell, ob sie heute geritten sei, aber Charlotte ließ sich nur zwei Sätze lang ablenken, dann schaute sie wieder nach vorn. »Dann gibt's den Wühler«, erklärte die Blonde gerade dem interessiert zuhörenden Ludo, »der benimmt sich da unten wie die Hausfrau am Wühltisch beim Sommerschlussverkauf auf der Suche nach den billigsten Schnäppchen ... der Wühler ist nicht lebensbedrohlich ... eher ärgerlich ...«

»Und wie ging *Dreamy* heute?«, wollte Kaya von Charlotte ablenkend wissen, aber Charlotte wehrte nur mit »Gut, gut« ab und hörte weiter zu, was da gesprochen wurde.

»... weil er gelobt werden will.« Die Blonde zog entsprechende Grimassen, und Kaya hielt Charlotte auffordernd die Chipstüte vor die Nase, die Charlotte aber wegdrückte. »Der Piker allerdings denkt, er wäre der Allergrößte, nur weil er im Gegensatz zum Wühler den Kitzler findet – und dann geht es los, als gäbe es kein Morgen mehr ...«

»Was meint sie damit?«, wollte Charlotte von Chris wissen, aber der lauschte selbst aufmerksam und ließ sich von Charlotte nicht ablenken.

»Erklärst du mir das?«, fragte sie daraufhin Kaya, die über die Dunkelheit im Zimmer froh war, denn sie spürte, dass sie einen roten Kopf bekommen hatte. Sie hatte ja selbst nicht so richtig Ahnung davon, worüber die da sprach, aber sicher war, dass Chris seinen Spaß hatte, denn er lachte drucksend vor sich hin. »Das sehen wir uns nachher noch mal in Ruhe an«, flüsterte er Kaya zu, der das Ganze eher peinlich war.

»Was heißt denn nachher?«, kreischte Charlotte. »Ich möchte auch mitschauen!«

»Du kannst jetzt einen Abflug machen«, erklärte ihr großer Bruder. »Du störst nämlich!«

Kaya schaute schnell zum Bildschirm. Eine neue Szene hatte begonnen, alles lief wieder in harmlosen Bahnen.

»Lass sie doch noch ein paar Minuten da«, beschwichtigte sie Chris, denn schließlich wollte sie sich Charlotte nicht zur Feindin machen – immerhin durfte sie ihr Pony noch manchmal reiten –, und *Dreamy* war, als er noch dem Reitverein gehörte, Kayas absoluter Liebling gewesen.

»Wenn du meinst«, brummelte Chris widerwillig und lehnte sich zurück gegen die Wand.

Die erotische Stimmung war fürs Erste jedenfalls mal weg, dafür zog sie der Film mehr und mehr in seinen Bann und schließlich saßen sie zu dritt nebeneinander auf dem Bett und Charlotte holte eine weitere Packung Chips.

Und als sie dann später endlich ins Bett ging und Chris Kaya vorschlug, sich die Szene mit dem Piker noch einmal anzuschauen, denn vor lauter Unterbrechungen hätte er das nicht so ganz mitgekriegt, standen die Waldmanns in der Tür und Herr Waldmann bot an, Kaya heimzufahren.

Was sollte sie da noch sagen? Ich übernachte hier …? Das

hätte sie zwar gern, wäre aber wohl doch zu weit gegangen und auch ihren Eltern nicht recht gewesen.

»Da musst du wohl alleine schauen«, sagte sie mit bedauerndem Tonfall zu Chris und war sich sicher, dass er das umgehend tun würde.

Zu Hause ging sie noch schnell in die Restaurantküche und meldete sich zurück. Harry fand, dass sie früher als gedacht da sei, und stellte ihr noch schnell ein Eis hin.

»Und? Wie war's?«, wollte ihre Mutter wissen, die eben durch die Schwingtüre hereinkam, sich ebenfalls ein Eis holte, etwas Baileys darüber goss und sich damit zu Kaya an den kleinen Tisch setzte.

»Nett!«, sagte Kaya kurz und zuckte mit den Schultern.

»Nett?« Karin schabte mit dem Löffel über ihre Mocca-Eiskugel und schaute ihrer Tochter ins Gesicht. »Nur nett? Da hätte ich aber mehr erwartet!«

»Was denn?«, fragte Kaya schon leicht genervt.

»Na, dass der Abend was Besonderes war. Dass Chris ein netter Kerl ist, aus guter Familie und …«

»Ach, ist doch mir egal, was das für eine Familie ist«, unterbrach Kaya sie und schob das Eis weg. »Ich will ihn ja nicht heiraten. Wir haben eine DVD geschaut, das war alles.«

Sie stand auf.

»Und im Übrigen war seine kleine Schwester dabei, wenn du es genau wissen willst!«

Tagelang hörte sie nichts mehr von ihm, dafür war im Stall voll die Hektik ausgebrochen: Das Donaueschinger Reitturnier stand vor der Tür und Claudia hatte vier Reiter für das Mannschaftsspringen der Vereine gemeldet. Es ging zwar nur um die Klasse A, aber immerhin. Dass Minka mit *Luxy* dabei sein würde, war klar. Auch Jo hatte zugesagt, nachdem Claudia sie gebeten hatte. Zudem sprangen Helga und Julia mit. Die beiden hatten selten was mit Kaya und ihrer Clique zu tun, sie waren schon über 20 und hatten eigene Pferde. Claudia war der Meinung, dass dies die bestmögliche Zusammensetzung sei, denn hier ging es schließlich um die Vereinsehre.

Kaya war ein bisschen wehmütig. Sie dachte an frühere Zeiten mit *Dreamy* zurück und war sich sicher, dass Claudia sie mit ihm in alter Bestform mitgenommen hätte. Aber *Dreamy* gehörte jetzt Charlotte und *Sir Whitefoot* war noch nicht so weit. Gut, er lernte zwar schnell dazu – und Klemens hatte ihr sogar noch eine zweite Stunde gegönnt – aber damit konnten sie noch keinen Blumentopf gewinnen. Und Reni, Cindy und Fritzi waren ebenso chancenlos. Sie hatten ja noch nicht einmal ein eigenes Pony. Wohl oder übel würden sie für Helga und Julia die Daumen drücken müssen.

Was soll's, dachte Kaya, Hauptsache, ihr Verein hatte überhaupt eine Chance.

Claudia ließ Transparente für die Schlachtenbummler malen und hielt Sonder-Springstunden ab. Jo machte nicht mit, sie sagte, für *Andy* sei das nicht nötig. Leichtes Gymnastizieren, ja, aber einen richtigen Parcours wollte sie jetzt, da Klemens Nachtigall wieder abgereist war, nicht springen. Was *Andy* können müsse, könne er, sagte sie, und vor allem kämen bald die nächsten, schweren Vielseitigkeitsprüfungen. Claudia, die sonst immer noch etwas einzuwenden wusste, akzeptierte das. Die Mädchen wollten es kaum glauben.

Im *Nobelstall*, verriet Claudia, würde schon seit Wochen auf das große Ereignis hintrainiert. Immerhin gingen vierzehn Vereine aus der Umgebung an den Start und dem glänzenden Turniernamen von Donaueschingen müsse man halt Respekt zollen. Dazu gehöre auch, sagte Claudia, entsprechend perfekt vorbereitet an den Start zu gehen.

Im *Nobelstall*, wie Claudia den Reitstall der nahe gelegenen Stadt nannte, in dem auch Chris seine Ponys stehen hatte, waren die Vorbereitungen tatsächlich schon angelaufen. Chris trainierte mit *Wild Thing*, seinem Superpony, und Lara war mit *Black Jack* dabei, einem bildschönen Pony, das gigantisch springen konnte, aber, wie Kaya fand, für Lara viel zu schade war. Schon in Aach hatte sich Kaya mit ihr angelegt, weil sie ihr Pony nach einem Abwurf misshandelt hatte. Die beiden anderen Reiter aus dem *Nobelstall* kannte Kaya nicht, aber sie war auch so schon hin- und hergerissen. Immerhin musste sie ja zu ihrem eigenen Stall halten, das war selbstverständlich. Aber was war mit Chris? Sollte sie ihm tatsächlich einen Abwurf oder eine Verweigerung wünschen?

Sie kam nach einer Weile zu dem Schluss, dass er in einer super Zeit und mit null Fehlern durch den Parcours rauschen durfte, alle anderen aus seinem Stall sollten die Hindernisse aber in ihre Einzelteile zerlegen.

Am Donnerstag wachte Kaya schon morgens um sechs mit einem unguten Gefühl auf. Zunächst wusste sie nicht warum, doch dann fiel es ihr ein. Heute war es so weit, heute war der Auftakt der Donaueschinger Turniertage. Und sie würden dabei sein. Sie hatte Lampenfieber, obwohl sie gar nicht mitritt.

Sie hatten Transparente gemalt und alles so gerichtet, dass der Hänger-Tross pünktlich um 17 Uhr starten konnte. Um 19 Uhr war die Parade der teilnehmenden Vereine auf dem großen Donaueschinger Hauptplatz, dann mussten die Pferde und Ponys abgeritten und feierlich hergerichtet aufmarschieren. Es war aufregend und Kaya schaute schnell zum Fenster. Bewölkt! Das sah nach Regen aus. Mist. Das durfte nicht sein!

Kaya zog sich die Decke über den Kopf. Sie hatte noch über eine halbe Stunde, sie wollte noch nicht aufstehen! Aber auch unter der Decke dachte sie über das Turnier nach und dann schossen obendrein die Gedanken an Chris dazwischen. Zu allem Überfluss fiel ihr ausgerechnet jetzt auch noch Lina ein. Sie warf sich auf den Bauch. Vielleicht half das ja – nein, das Gespenst blieb. Lina! In den Sommerferien! Das war zwar noch eine Weile hin, vielleicht brach in Brasilien in der Zwischenzeit ja eine Seuche aus und sie durfte gar nicht ausreisen. Der Gedanke behagte Kaya und sie drehte sich wieder auf den Rücken. Aber trotzdem sah sie Lina vor sich, damals in Herford, wie sie auf *Wild Thing* durch den Parcours preschte, ihre Stute vor jedem Hindernis lauthals anfeuerte und im Ziel Chris stürmisch um den Hals fiel. Das alles schmeckte ihr nicht so besonders gut. Aber damals ging es um die Paar-Wertung und so weit war es ja auch in Ordnung. Aber jetzt und hier tickten die Uhren anders.

Chris war jetzt ihr Freund.

Kaya warf sich wieder auf den Bauch.

War er das überhaupt? Nicht dass er sich diese Geschichte

mit den Wühlern und Pikern auch mit Lina ansah. Und überhaupt, der Film war so romantisch und hatte einige Szenen, die sicher auch für eine Brasilianerin ansteckend sein könnten. Sie wollte überhaupt nicht weiter darüber nachdenken!

Der erneute Blick auf den Wecker machte ihr klar, dass kaum fünf Minuten vergangen waren. Sonst klingelte das Mistding immer zu früh und jetzt wollte die Zeit nicht vergehen. Es war wie verhext!

Sie überdachte den heutigen Tag. Schule, okay, da gab es heute nichts Besonderes. Dann heim und umziehen. Das war ein kleiner Lichtblick, denn sie hatte Alexa bequatscht und tatsächlich gewonnen – sie durfte eines der heiligen Poloshirts ihrer Schwester tragen. Sogar das neue rosafarbene mit der weißen Zahl drauf. Diese Aussicht ließ sie Lina vergessen. Schließlich würde sie, Kaya, heute Chris sehen – auch wenn er zur anderen, zur falschen Mannschaft gehörte.

Die Hiobsbotschaft traf ein, als Kaya um 14 Uhr aus der Schule kam. »Claudia hat schon versucht, dich zu erreichen. Was ist mit deinem Handy?«, begrüßte sie ihre Mutter aufgeregt, kaum dass sie ins Wohnzimmer getreten war. Karin deckte gerade zwei Teller für Kaya und sich selbst und ging wieder in die offene Küche zurück.

»Claudia?« Kaya konnte sich überhaupt nicht vorstellen,

worum es ging. Sie hatten nichts angestellt, keinen Streich gespielt – Kaya lief ihrer Mutter hinterher. Da kam ihr plötzlich ein Gedanke und der Schreck fuhr ihr siedend heiß durch den ganzen Körper. »Ist was mit *Sir Whitefoot*?«, fragte sie hektisch.

Karin drehte sich zu ihr um und schüttelte den Kopf. »Denke ich nicht, das hätte sie gesagt. Aber sie klang trotzdem ziemlich aufgeregt!«

Das war Kaya jetzt auch. »Vielleicht eine Kolik? Oder er hat sich verlegen – oder verletzt …« Sie drehte sich um die eigene Achse. »Wo liegt denn das Telefon schon wieder?« Auf der Konsole war es nicht, typisch.

Ihre Mutter ließ gerade einen goldgelben Pfannkuchen aus der Pfanne auf einen großen Teller rutschen, wo schon drei andere lagen. Kaya schaute zu, ohne es wirklich zu registrieren. »Mutti, das Telefon, bitte!«

»Hat sich wahrscheinlich deine Schwester mal wieder unter den Nagel gerissen. Wo ist denn dein Handy?«

»Ich hab's heute Morgen vergessen.« Kaya stürzte zur Türe hinaus, die Treppe hoch, den ganzen Gang entlang bis zu Alexas Zimmer. Sie war sich sicher, dass es da sein musste. Ihr Handy brauchte sie gar nicht erst zu holen, da war nichts mehr drauf und eine neue Prepaid-Karte bekam sie erst wieder am Monatsanfang.

Tatsächlich! Auf Alexas zerwühltem Bett fand sie das Telefon. Das sah ihrer Schwester mal wieder ähnlich, das hätte sie sich mal erlauben sollen. Einfach das Telefon zu verschlampen!

Auf dem Weg nach unten tippte sie schon aufgeregt Claudias Handynummer ein und musste noch einmal von vorn anfangen, weil sie sich natürlich vertippte.

Ihre Mutter hatte inzwischen frisches selbst gemachtes Apfelmus auf den Tisch gestellt, auf jeden Teller einen Pfannkuchen gelegt und zwei Gläser mit Mineralwasser gefüllt. Wartend saß sie da und wies Kaya mit einem Lächeln ihren Platz. In dem Moment hatte Kaya Claudia an der Strippe.

»Hier Kaya, Claudia, was ist los?«

»Gott sei Dank rufst du an«, hörte sie. »Es ist furchtbar!«

»Was ist furchtbar?« Jetzt schlug Kayas Herz bis zum Hals. Sie blieb hinter ihrem Stuhl stehen.

»Jo ist krank! Magen-Darm-Grippe, sie kann nicht starten!«

»Ach, je!«, sagte Kaya und spürte die Enttäuschung aufsteigen. »Dann fahren wir also gar nicht zum Turnier?«

Auf der anderen Seite blieb es kurz still und Kaya spürte den fragenden Blick ihrer Mutter auf sich. Sie blickte ratlos zurück und zuckte mit den Schultern.

»Ich hab hin und her überlegt und bin alle durchgegangen, Kaya. Aber keiner ist für so einen Start in Form. Kein Pferd und auch kein Reiter. Wir haben einfach niemanden mehr«, sagte Claudia und Kaya hörte die pure Verzweifelung aus ihrer Stimme – aber sie schien noch nicht zu Ende zu sein, da war noch etwas. Irgendetwas Fragendes und Lauerndes war da noch.

Kaya wartete. Nichts.

»Na, dann«, sagte sie schließlich. »Schade! Ich hatte mich so sehr gefreut! Die arme Jo. Wenn sie nicht reiten kann, fühlt sie sich sicher halb tot.«

»Ist sie auch, sagt ihre Mutter.«

Wieder war es still.

»Jo meint aber, dass du für sie starten könntest.« Claudia machte wieder eine kurze Pause. »Susan meint das auch.«

Kaya schüttelte instinktiv so vehement den Kopf, dass ihre Mutter die Stirn krauszog und fragend auf die Pfannkuchen zeigte. »Die werden kalt«, flüsterte sie. Kaya winkte hektisch ab. »Mit *Sir Whitefoot*? So ein Quatsch, der kann das noch nicht. Oder *Dreamy*? Aber ich habe ihn ewig nicht gesprungen und Charlotte springt ihn auch nicht regelmäßig, er hat überhaupt keine Kondition – und überhaupt, da hätte ich doch üben ...«

»Die beiden meinen *Andy*«, schnitt Claudia ihr das Wort ab. »Dass *Sir Whitefoot* und *Dreamy* nicht in Frage kommen, ist ja klar!«

Kaya verschluckte sich, obwohl sie noch gar nichts im Mund hatte.

»*Andy*?«, fragte sie und spürte, wie ihre Knie zu zittern begannen. Sie hielt sich an der Stuhllehne fest. »Ihr sprecht von *Andy*? Ich soll auf *Andy*?«

Sie starrte ihre Mutter an. »Mir wird's schlecht!«

»Es ist gar nicht so abwegig«, hörte sie Claudia, die sich um einen beruhigenden Tonfall bemühte. »Du hattest doch zwei Stunden bei Klemens Nachtigall. Das hat dir schon mal gutgetan, und Jo meinte, der Rest wird auch klappen. Wenn *Andy* spürt, dass du willst, wird er den Parcours mit dir meistern!«

»Nee!«, sagte Kaya impulsiv. »Nein!«, wiederholte sie noch einmal. »Ich in Donaueschingen? Heute Abend? Mit *Andy*? Nein, da sterbe ich vorher am Herzinfarkt!«

Ihre Mutter ließ keinen Blick von ihr, aber weil sie nichts begriff, fing sie an zu essen und steckte sich ein Stück Pfannkuchen in den Mund.

»Überlege es dir bitte schnell«, sagte Claudia und Kaya drückte jetzt auf die Laut-Taste. »Jo hat nämlich recht, du kannst das. Und insgeheim wolltest du doch sowieso lieber mitreiten als daneben stehen, stimmt's etwa nicht?«

»Stimmt«, erklärte Kaya und fixierte ihre Mutter mit unbewegtem Gesicht. »Aber dann hätte ich mittrainiert und wüsste, was mich erwartet. So habe ich keine Ahnung!«

»Du reitest einen A-Parcours, Kaya. Ganz normal, wie auf jedem anderen Turnier auch. Den gehe ich vorher mit dir ab. Und dann startest du.«

Schon beim Wort »Starten« wurde Kaya leicht übel.

»Kommt Susan mit?«, wollte sie wissen, dabei war sie sich gar nicht sicher, ob es mit oder ohne Susan besser wäre.

Wenn sie total versagte, dann wäre es ohne sie sicherlich besser – auf der anderen Seite, Susan kannte das Pony in- und auswendig und könnte ihr nützliche Tipps geben.

»Susan ist gar nicht da«, erklärte Claudia, »sie musste heute in ihre alte Heimat fahren, hat dort Termine, die sie nicht absagen konnte. Sie schafft es nicht rechtzeitig.«

»Dann liegt Jo auch noch alleine zu Hause! Oje.«

»Ja, ist im Moment wohl nicht zu ändern, aber der Arzt war da, sagte Jo und ihr Vater kümmert sich. Jedenfalls habe ich lange mit ihr telefoniert und sie gibt uns absolut grünes Licht!«

»Aber ich hab noch nie auf *Andy* gesessen. Keine Sekunde! Ich weiß doch gar nicht, wie er reagiert. Und wie er sich reiten lässt. Ich kann doch nicht einfach so losreiten!«

»Klar kannst du das. Beim Abreiten hast du Zeit genug, dich an ihn zu gewöhnen. Wir sind früh genug da.«

»Und wenn ihm was passiert? Stell dir mal vor, *Andy* verletzt sich? Dann sind Jos Vielseitigkeitspläne im Eimer und ich bin schuld!«

Claudia schwieg einen Moment, dann sagte sie: »Ein Risiko ist immer da … aber das gibt's auch auf der Koppel und in der Box! Wer nicht wagt, der nicht gewinnt.«

Kaya schaute ihre Mutter an, die grinste und nickte.

»Ich traue es dir zu«, hörte sie Claudias Stimme aus dem Hörer. Und ihre Mutter nickte bestätigend.

»Aber halt«, rief Kaya abrupt, »das geht doch gar nicht!«

»Wieso denn nicht?« Claudia horchte auf.

»Dann reite ich ja gegen Chris!«

Sie hörte ein lautes befreites Lachen.

»Na, Kaya, der muss dann eben mal den Kürzeren ziehen, das müssen junge Männer auch lernen!«

Kaya hatte nichts essen können, wirklich jeder Bissen wäre ihr zu viel gewesen. Sie war nach dem Telefonat sofort in ihr Zimmer gestürmt und hatte im Kleiderberg, der noch immer auf ihrem Boden lag, ihre Turniersachen zusammengesucht. Die weiße Reithose war nicht dabei, und sie spürte, dass sie kurz vor einer Panik war. Wo war diese blöde Hose, verdammt? Hoffentlich überhaupt schon gewaschen – wann hatte sie sie denn zuletzt an? Oje, jetzt waschen und trocknen, das würde nie mehr reichen. Sie sah sich schon mit Grasflecken und sonstigen Gebrauchsspuren auf *Andy* sitzen, während alle um sie herum blitzsauber antraten … Entsetzlicher Gedanke!

»Mama«, schrie sie gellend durchs Haus, was sie sonst nie tat, »wo ist meine weiße Reithose? Ich finde sie nicht!«

Sie hörte ihre Mutter die Treppe raufkommen. Die hatte die Ruhe weg, aber sie hatte auch keine Ahnung, dass es um Leben und Tod und vor allem um Sekunden ging!

Kaya begann wieder in dem Kleiderhaufen zu wühlen.

»Kein Wunder, dass du hier nichts findest«, sagte Karin und warf nur einen kurzen Blick auf den Fußboden, wo

Kaya jetzt alle Kleidungsstücke einzeln in eine andere Richtung warf. Karin sah ihr kurz zu, sagte weiter nichts, schüttelte nur ein wenig mit dem Kopf und wandte sich dann dem Schrank zu. Im obersten Regal fand sie die frisch gewaschene Turnierhose sofort, daneben lagen die weißen Reithandschuhe und die fein säuberlich zusammengelegte Turnierbluse. Sie präsentierte Kaya alles auf vorgestreckten Händen liegend und sagte nur: »Aber diesen Müllhaufen, den du hier fabriziert hast, den möchte ich spätestens morgen Abend wieder zusammengelegt im Schrank sehen!«

Kaya fiel ihrer Mutter um den Hals und versprach es. Sie hätte jetzt alles versprochen, selbst wenn sie das ganze Haus hätte weiß streichen müssen, so ein großer Stein war ihr vom Herzen geplumpst.

In Windeseile putzte sie noch schnell ihre Reitstiefel, packte dann alles in eine große Tragetasche, schnallte sie auf den Gepäckträger und fuhr mit dem Fahrrad los. Gott sei Dank hatte das Wetter ein Einsehen. Die Regenwolken hatten sich verzogen, und es war trocken und sonnig, wenn auch nicht besonders warm. Es ging leicht bergauf, aber Kaya spürte es nicht. Die Furcht vor der unbekannten Situation gab ihr Kraft. *Andy* musste noch gezöpfelt und geputzt werden – und überhaupt musste sie das komische Gefühl überwinden, dass sie nun ein Spitzenpony würde reiten dürfen, das viel besser war als sie selbst. Hoffentlich nahm er sie überhaupt ernst.

Schon der Weg nach Donaueschingen war aufregend genug. Sie saß bei Claudia und Helga im Wagen und hinten im Pferdehänger standen *Andy* und *Armageddon*. Kurz vor dem großen Turnierplatz wurden es mehr und mehr Gespanne, die alle ganz offensichtlich auch zu dem Vereinswettbewerb wollten. Kaya wurde es immer flauer, obwohl sie sich ständig Mut zusprach.

Andy war vorhin so süß gewesen, hatte bei all ihren aufgeregten Vorbereitungen völlig still gehalten und war vor ihr in den Hänger spaziert, als ob er sich auf das kommende Ereignis freue. Genau das hatte Jo ihr schon mal gesagt: Sobald *Andy* auf einem Turnierplatz ist, wird aus dem sanften Kerl ein Kämpfer, der alles gibt. Und wenn er bei einer Vielseitigkeit vor seinem Start ins Gelände die Starterbox sieht, ist er kaum noch zu halten. Ein Profisportler, einer, dem man mit einem bloßen Koppelleben keine Freude machen würde.

Kaya versuchte, sich an alles zu erinnern, was Jo ihr jemals über *Andy* erzählt hatte, aber sie tat es vor allem, um sich selbst zu beruhigen.

»Und jetzt, wohin?«, fragte da plötzlich Claudia, die am Steuer saß. »Seht ihr irgendwo ein Schild?«

Kaya sah so viele Schilder, dass sie schon ganz verwirrt war.

»Anlieferung« stand da und »Zuschauer-Parkplätze« und »Turnierteilnehmer LKW«, aber sie gehörten weder zu der einen noch zu der anderen Gruppe.

»Fahr doch einfach mal den anderen Pferdehängern da vor uns nach«, sagte Helga, die neben ihr saß.

»Wo stecken denn die Sonnigs?«

Minkas Vater hatte *Luxy* und *Sam*, Julias Pferd, im Hänger. Diese Aufteilung erschien Claudia besser geeignet, denn *Luxy* giftete gern mal zu seinen Nachbarn herüber und das wollte sie *Andy*, dem Feingeist, dann doch nicht zumuten. Julias Wallach war da robuster, der schnappte auch mal zurück.

»Die sind nach uns losgefahren«, erklärte Kaya und knabberte vor lauter Anspannung an ihren Fingernägeln. Sie sah sich schon auf den ganzen Zufahrtsstraßen rumkreisen und rumkreisen und würde viel zu spät ankommen. Was, wenn sie den Platz nun überhaupt nicht fänden?

»Wir hätten den LKW nehmen sollen, dann wären wir

alle zusammen«, sagte sie. Irgendwie traute sie Claudia nicht so richtig, wenn es ums Autofahren ging. Wer weiß, ob sie überhaupt in Donaueschingen waren.

»Da vorne, seht«, sagte Helga hastig, »hinter dem Kreisverkehr, die kleine Straße da, links, da steht ein Platzanweiser. Den fragen wir.«

Sie umrundeten eine große Verkehrsinsel, in deren Mitte ein Bronzepferd stand, und jetzt war ihnen auch klar, dass zumindest die Richtung stimmte. Auf der schmalen Straße vor ihnen waren noch viele andere Hänger und der Mann an der Straßeneinfahrt forderte sie lautstark zum zügigen Weiterfahren auf – Claudia ließ er hinter dem geöffneten Fenster gar nicht zu Wort kommen. »Wird schon stimmen«, sagte sie, während sie Kaya im Rückspiegel einen betont zuversichtlichen Blick zuwarf. »Wir machen das schon«, fügte sie hinzu, »wir sind schließlich Amazonen!«

»Frei und stark!«, erwiderte Kaya beinahe automatisch, schließlich gehörte es zu ihrem Song, den sie und ihre Freundinnen immer im Galopp schmetterten.

»Frei und stark, wir fühlen uns so frei und stark. Frei und stark, egal was auch kommen mag …«, sang Claudia, und Kaya war erstaunt, dass sie das Lied kannte, stimmte dann aber mit ein: »Frei und stark, gemeinsam gehen wir es an und reiten mit dem Wind und bleiben dort, wo unsere Pferde sind, wir Amazonen frei und stark!«

Zum Schluss schmetterte auch Helga den Song lauthals

mit und alle drei mussten lachen. Das half, stellte Kaya fest. Ein Großteil der Anspannung war jetzt von ihr abgefallen, denn nun war sie sich sicher, dass sie auf dem richtigen Weg waren und dass die Dinge ihren Lauf nehmen würden.

Sie holperten einen Sandweg entlang und wurden schließlich neben anderen Hängern eingewiesen. Und sie hatten Glück, der Hänger kam unter einem Baum zu stehen, somit hatten die Pferde Schatten. Claudia reservierte sofort den Platz auf der anderen Seite des Baumes für die Sonnigs und Kaya griff zu ihrem Handy. Für ein solch außergewöhnliches Ereignis hatte ihre Mutter ihr schließlich doch noch schnell eine Prepaid-Karte spendiert. Na ja, eigentlich hatte sie das ja vor allem für sich selbst getan, denn sie wollte von Kaya über jede neue Entwicklung sofort informiert werden. Denn wie immer konnten ihre Eltern wegen des Restaurants auch diesmal wieder nicht mit, und wie immer hatte Herr Sonnig angeboten, alles mit seiner Handycam festzuhalten.

Kayas erster Anruf galt Jo: »Hey, Jo, wir sind angekommen. *Andy* steht völlig locker, der Hänger ist im Schatten und wir schauen uns jetzt erst mal den Platz an. Ich melde mich dann wieder.«

Mit ungewöhnlich dünner Stimme schwor Jo sie darauf ein, dass schon alles gut gehen würde und dass sie *Andy* einfach vertrauen müsse.

»Das tu ich blind!«, erklärte Kaya inbrünstig.

»Na ja, lesen kann er noch nicht. Den Weg musst du ihm also schon noch zeigen.«

Kaya musste lachen, aber insgeheim hatte sie genau diese Bedenken. Was war, wenn der Parcours fürchterlich kompliziert war und sie sich verreiten würde?

Claudia war unterdessen einen Wall hochgestiegen und winkte Kaya zu. Sie spurtete hinterher und blieb oben auf dem Wall überrascht stehen. Genau hinter dem Wall lag schon der gigantische Springplatz, gegenüber auf der anderen Seite sah sie die riesengroßen, überdachten Tribünen und links, dort wo Claudia entlanglief, waren lauter kleine weiße Zelte aufgebaut worden, Kaya vermutete Wein- und Champagnerzelte. Rechterhand war der Springplatz auf der gesamten Breite von weiteren großen Zelten begrenzt. Automatisch lief sie Claudia hinterher, konnte ihren Blick aber kaum von den flatternden Nationenfahnen und der großen Anzeigetafel lösen, die sie sonst nur aus dem Fernsehen kannte. Dieses Turnier hier war wirklich ein Ereignis, der ganze Platz flößte ihr unglaubliche Ehrfurcht ein, und sie musste an ihren kleinen Pony-Start damals beim Internationalen Reitturnier in Aach denken, wo sie zwischen all den Profis ebenfalls ein unglaubliches Kribbeln gespürt hatte.*
Kaya hatte ihr Tempo gesteigert und sie hatte Claudia schließlich kurz vor der Meldestelle eingeholt.

* Band 1: »Kaya schießt quer«

»Hinter der Tribüne ist der Abreiteplatz«, rief Claudia ihr zu, als sie sich zu ihr umdrehte. »Schau dir den schon mal an und auch den Weg, auf dem du nachher mit *Andy* dort hinkommst!« Und damit war sie weg und hinter der Türe verschwunden.

Sofort fühlte Kaya sich völlig allein gelassen. Und auf der Stelle bekam sie das beklemmende Gefühl von Zeitnot. Würde sie das hier auch alles schaffen? Den richtigen Weg vom Hänger zum Abreiteplatz auskundschaften, *Andy* satteln, sich selbst umziehen und – du lieber Himmel – die Stollen … sie hatte doch noch nie Stollen in Hufeisen eingedreht. Wie lange würde sie dazu brauchen? Sie schaute auf die Uhr. Nur noch eine Stunde war es bis zur Parade. Eigentlich genug Zeit, aber sie musste ja auch noch abreiten. Ihr Pulsschlag erhöhte sich schlagartig.

Sie war bereits wieder am Hänger, als Claudia eintraf. Minka und Julia hatten *Luxy* und *Sam* ausgeladen und ließen die beiden noch in aller Ruhe grasen. Kaya wusste nicht so richtig, ob sie *Andy* nun auch ausladen sollte oder nicht. Wenn sie es nicht tat, würde sie vielleicht wirklich zu spät dran sein. Helga hatte sich noch ein Eis geholt, und Kaya versuchte, sich so locker wie möglich zu geben. Alle anderen hier strahlten Gelassenheit aus. Sie schien die Einzige zu sein, die vor Nervosität schier platzte. Claudia kam zurück und alle scharten sich um sie.

»So«, begann sie, »wir sind ausgelost worden und die Erste von uns startet an vierter Stelle. Danach kommen alle anderen Vereine, dann starten die jeweils Zweiten der Vereine und so fort. Bei uns wird Helga den Anfang machen, nach ihr startet Julia, Kaya nehmen wir in die Mitte, und Minka kann dann retten, was noch zu retten ist«, sie zwinkerte Minka zu. »Das heißt, Kaya und Minka haben nach der gemeinsamen Parade massig Zeit und ich würde die Stollen auch erst später eindrehen. Wenn was schiefgeht, keine Panik, denn es gibt ein Streichergebnis. Aber trotzdem«, sie hob die Stimme, »reitet jede Einzelne auf Sieg!«

Alle vier Amazonen nickten energisch.

»Dann fangen wir jetzt mal an zu richten, Kaya, ich helfe dir. Leg schon mal alles griffbereit hin, auch Vorderzeug, Stollenschutz und die Stollen für nachher, wir laden dann *Andy* und *Armageddon* gleich aus.«

Andy ging ohne Probleme aus dem Hänger, stand dann aber witternd wie ein Denkmal da, und Kaya hätte schwören können, dass seine Augen glitzerten und funkelten. Claudia musste lachen und tätschelte seinen Hals. »Wahrscheinlich überlegt er, welcher Turnierplatz das ist. Aber hier warst du noch nie, *Andy*, da bin ich mir ganz sicher!«

Kaya war froh, dass Claudia ihr half. Nicht nur wegen *Andy*, sondern auch wegen der ganzen Ausrüstung. Wenn sie nur den hellbraunen Sattel ansah, der extra für *Andy* angefertigt worden war und so edel aussah, dass sie schlucken musste. Am hinteren Teil, dem Hinterzwiesel, stand sogar sein Name. Er war auf einem kleinen Messingschildchen fein und edel eingraviert: *Andy*. Das war ihr vorher noch nie aufgefallen …

»Nicht träumen«, vernahm sie Claudias Stimme. »Du kannst ihm schon mal die Springgamaschen anlegen.«

Auch die unterschieden sich deutlich von denen, die *Sir Whitefoot* trug. Carbon Gel stand darauf. Wenn man sie innen abtastete, waren sie angenehm weich. Kaya hörte jetzt auf, weiter darüber nachzudenken. Heute war das ganze wunderbare Zeugs nur die Zugabe zu einem noch wunderbareren Pony und mit dem durfte sie starten! In Donaueschingen! Sie konnte es immer noch nicht glauben.

Zwanzig Minuten später ritten sie zum Abreiteplatz. Kayas fiebrige Nervosität legte sich langsam. Es war komisch, sobald sie auf dem Pferd saß, ging es ihr viel besser, und alles kam ihr leichter vor. *Andy* war höher und feingliedriger als *Sir Whitefoot*, und sie hatte irgendwie keinen richtigen Hals vor sich, weil er so windhundartig schmal war, aber sie merkte, wie sie sich langsam daran gewöhnte. Der Sattel jedenfalls saß perfekt, und sie würde gleich merken, ob er ihr beim Springen auch genügend Halt für die Knie gab. Von Minute zu Minute fühlte sie sich besser. Lange im Schritt abreiten, hatte Jo sie ermahnt, damit *Andy*s Muskulatur warm werden konnte, das tat sie jetzt. Und außerdem würde die Parade, bei der alle Vereine in den Springplatz einritten und dem Publikum vorgestellt wurden, ja sicherlich auch im Schritt abgehalten.

Minka ritt an ihre Seite. »Na, wie ist das Gefühl?«, wollte sie wissen.

»Bis jetzt noch völlig okay«, sagte Kaya und strich *Andy* über den Hals. »Frag mich das besser nachher …«

»Wird schon klappen«, nickte ihr Minka aufmunternd zu.

Kaya nickte ebenfalls und schaute sich dann auf dem Abreiteplatz um. Er füllte sich zusehends. »Weißt du denn, wie diese Parade nachher ablaufen soll?«, wollte sie von Minka wissen.

»So wie es Claudia vorhin erklärt hat!«

Au weia, da hat sie wohl mal wieder geträumt.

Minka grinste.

»Nun gut, damit du nicht sonst was anstellst … alle vier Reiter eines Vereins reiten nebeneinander. Wir an vierter Stelle. Helga auf *Armageddon* trägt unsere Vereinsfahne. Und wenn alle Reiter und Pferde vorgestellt sind, geht es los. Angeblich um 19.30 Uhr.«

»Okay, dann lass mal kurz rechnen«, sagte Kaya. »Wenn es zwölf Vereine sind à 90 Sekunden mit Ein- und Ausreiten, dann ist der nächste Reiter … 12 mal 90, hilf mir mal … 1080 Sekunden später dran, das sind in Minuten … geteilt durch 60 … oh!«, sagte sie und brach ab. Chris war soeben eingeritten.

»Na, so etwa alle 20 Minuten startet eine von uns«, half Minka. »Hat Claudia ja vorhin schon ausgerechnet. Du bist also etwa 40 Minuten und ich eine Stunde nach Julia dran!«

Kaya hörte schon nicht mehr zu. Sie hatte nur noch Augen für Chris. Er saß ganz lässig auf *Wild Thing* und Lara klebte mit *Black Jack* an seiner Seite. Blöde Kuh, dachte Kaya. Zimtzicke!

Minka war Kayas Blick gefolgt.

»Ach«, sagte sie grinsend. »Da reitet ja die Konkurrenz. Wird heute allerdings keine Chance haben!«

Kaya war sich da nicht so sicher, und plötzlich fiel ihr ein, dass Chris ja noch gar nichts von ihrem Start wusste. Dabei hätte sie ihn anrufen können – endlich hätte sie mal einen triftigen Grund zu einem langen Gespräch gehabt und dann verpasste sie diese einmalige Gelegenheit! Vor lauter Aufregung! War das denn zu fassen!

»Ah, schau, da kommen schon unsere Fans!« Minka zeigte zu dem Zaun, der den Abreiteplatz begrenzte. Tatsächlich. Mit Transparenten und Plakaten beladen, kam der halbe Stall anmarschiert, und alle winkten ihnen freudig zu. Kaya wusste, dass sie normalerweise auch mit denen da drüben laufen würde, mit sehnsüchtigem Blick und mit einem komischen Gefühl im Magen. Aber jetzt war sie hier auf der anderen Seite des Zauns, ein Glückskind. Aber der flaue Magen war trotzdem da. Kaya und Minka ritten zu ihren Gefährten hin und von der anderen Seite kamen Julia und Helga.

Reni rief inbrünstig herüber: »Wir sitzen dort drüben, in der Mitte der Tribüne. Ihr werdet es an unseren Transparenten sehen, und wir feuern euch voll an, sodass der Himmel wackelt!« Am liebsten hätte Kaya sie dafür geküsst. Reni war einfach so bodenständig, so unbeirrbar und verlässlich wie ein Fels in der Brandung. Sie war die Zuversicht selbst.

»Okay!« Minka und Kaya nickten und sahen sich einem Heer in die Höhe gestreckter Daumen gegenüber. Cindy zog an ihren roten Korkenzieherlocken und verkündete, dass die Gestirne heute gut stünden. Das hätte ihr Vater heute Morgen gesagt. Und der musste es schließlich wissen, dachte Kaya, denn Cindys Vater war Pfarrer. Wenn der sich mit dem Himmel und seinen Gestirnen nicht auskannte, wer denn dann?

»In Ordnung«, sagte Kaya und Fritzi rief: »Los jetzt, wir müssen unsere Plätze besetzen!«

»Viel Glück, ihr Amazonen«, rief Reni noch im Umdrehen und Cindy fügte hinzu: »Frei und stark!« Auch die anderen, meist Erwachsene, wünschten ihnen Glück und liefen dann gemeinsam los.

Und da war es wieder, das flaue Gefühl, das Kayas Kehle

zuschnürte und ihr in den Magen fuhr. Es war einfach so schön, solche Freunde zu haben. Die durfte sie auf keinen Fall enttäuschen.

»Na, das ist ja eine Überraschung«, hörte sie seine Stimme hinter sich. Chris! Die Stimme war unverwechselbar! Sie drehte sich im Sattel um. »Na, so was?!«, fügte er noch hinzu und sie erkannte echte Verblüffung in seinem Gesicht.

»Tja«, sagte Kaya, während Chris an ihre Seite ritt. *Andy* widmete seiner Stute keinen einzigen Blick.

»Wie kommt's?«

»Sie will den totalen Untergang erleben.« Der Spruch mit dem Feixen kam von hinten. Das war Lara. Völlig klar, da musste sich Kaya nicht einmal umdrehen.

»Das werden wir sehen«, sagte sie.

»Der mag zwar ein Deutscher Meister sein, aber auch den muss man erst mal reiten können«, kam es wieder von hinten.

»Wir werden sehen«, wiederholte Kaya.

»Warum startet Jo nicht?«, wollte Chris wissen. »Ist sie dir zuliebe zurückgetreten?«

»Sie ist krank«, erklärte Kaya kurz.

»Oje, das wird was«, flötete es von hinten und Chris grinste nur.

Kaya ärgerte sich. Die tun ja gerade so, als ob ich *Andy* in Grund und Boden reiten würde.

»Einreiten«, hörte sie da Claudia rufen. »Es geht los und vergesst nicht, ihr seid an vierter Stelle!«

Es war ein erhabenes Gefühl. In diesem Moment beschloss Kaya, Berufsreiterin zu werden. Oder jedenfalls eine berühmte Springreiterin, denn die Atmosphäre hier war unglaublich. Eine Musikkapelle spielte kräftig auf, der Einmarsch der Vereine wurde von rasendem Beifall begleitet, ein Moderator stand mitten auf dem Platz, auf dem sich sonst nur die Großen der Großen messen durften. Kaya war bewegt. Sie sah die Massen von Zuschauern, die inzwischen die Tribüne fast vollständig füllten, und auch auf dem Wall hatten sich etliche Menschen auf Campingstühlen oder Decken niedergelassen. Auf der Anzeigetafel stand in großen Buchstaben

Herzlich willkommen
zum Internationalen S. D. Fürst Joachim
***zu Fürstenberg-Gedächtnisturnier*.**

Mein Gott, sie war ein Teil davon. Sie, Kaya Birk, 14 Jahre alt. Das war fantastisch. Unglaublich. Sensationell.

Sie musste an ihre Schwester Alexa denken, die so etwas ja schon mal erleben durfte. Alexa hatte zwischen dem Abschluss der Realschule und dem Neustart am Gymnasium ein ganzes Jahr Reitausbildung genossen. Zuerst bei Kurt, einem Freund ihres Vaters, und nachher in einem Profi-Springstall. Und mit *Chicolo*, Kurts Erfolgshengst, war sie ganz oben mitgeritten. Wie hatte sie das nur aufgeben können? Für die Schule! Sie selbst hätte das nicht getan, Abitur hin oder her.

»Achtung!«, zischte Minka. Tatsächlich, jetzt ging's los, jetzt wurden sie begrüßt. Zuerst die Vereine und dann jeder Reiter namentlich mit seinem Pferd. Von der Tribüne herunter brandete bei jedem Namen Beifall auf, und Kaya sah, wie Reni und Fritzi das Transparent mit dem Vereinslogo und dem Spruch »Wir drücken die Daumen!« schwenkten. Und jetzt wurde ihr Verein genannt und ihre Namen. Kaya winkte nach rechts und links, und während *Sam* neben ihr stieg und den Hampelmann machte, schritt *Andy* daher, als ob überhaupt nichts wäre. Er war die Ruhe selbst.

Kaya nutzte die Gelegenheit, sich die Hindernisse genauer anzuschauen. Sie hatte schon versucht, sich die Reihenfolge auf dem Plan einzuprägen, nun konnte sie unauffällig an das eine oder andere Hindernis heranreiten. Der große, Furcht einflößende Wassergraben mitten auf dem Platz gehörte Gott sei Dank nicht dazu. Darüber hätte sie sich im Leben nicht getraut. Die anderen Sprünge wirkten, so vom Pferderücken aus, nicht besonders schwer. Nachher würde Claudia mit ihnen den Parcours noch mal abgehen, dann konnten sie sich die Hindernisse ganz genau anschauen.

Wahrscheinlich lag der Teufel hier im Detail, dachte sie. Wer weiß. Die Farben vielleicht. Oder eine ungewöhnliche Distanz.

»Na, was sagt Chris dazu, dass du jetzt gegen ihn antrittst?«, wollte Minka, die neben ihr ritt, plötzlich wissen. Eben waren er und seine Mannschaft vorgestellt worden. Beide schauten zur langen Seite, wo der *Nobelstall* gerade seinen Auftritt hatte.

»Ich trete ja nicht nur gegen ihn an, wir treten ja gegen alle an!«, erwiderte Kaya und tätschelte *Andy* den Hals. »Das ist ein Gemeinschaftsunternehmen«, fügte sie noch hinzu und grinste breit übers ganze Gesicht. »Und gemeinsam werden wir siegen!«

»Hört, hört!« Minka streckte ihr die offene Hand hin und Kaya schlug sie ab.

»Eine für alle, alle für eine!«, riefen sie gleichzeitig ihren Amazonen-Schlachtruf.

Sie hatten den Parcours mit Claudia abgeschritten und jedes Hindernis genau besprochen und nun würde es bald losgehen. Die Ersten saßen schon wieder auf ihren Pferden und sprangen die Übungssprünge auf dem Abreiteplatz. Kaya ritt mit Minka zum Stellplatz zurück. Beide sattelten ihre Ponys ab und versorgten sie im Hänger. Minka hatte noch massig Zeit, Kaya aber war es nicht ganz klar gewesen, was sie mit knapp 40 Minuten tun sollte, das war eher so ein Zwischending. *Andy* 40 Minuten im Schritt herumzuführen war zu viel, draußen am Hänger anbinden ging auch nicht, wenn niemand dabei war. Und zum Absatteln und Versorgen waren 40 Minuten schon wieder fast zu knapp. Claudia aber hatte gemeint, dass dies das Beste sei, schließlich würde er mit ihrer Hilfe schnell wieder gerichtet sein.

Kaya schlenderte gerade zum großen Springplatz vor, als ihr Reni entgegengestürzt kam. »Claudia sucht dich!«, rief sie schon von Weitem. »Dein Handy ist aus!« Kaya blieb stehen, eine so aufgeregte Reni hatte sie ja noch nie erlebt. Reni zerrte sie am Arm in die Gegenrichtung. »Los! Wir müssen *Andy* holen! Sie haben die Reihenfolge geändert. Alle Vereinsreiter starten jetzt hintereinander!«

Kaya glotzte sie verständnislos an.

»Kaya«, sagte Reni, »das heißt, du bist gleich dran! Und Minka auch!«

Da war er wieder, der Stich im Herzen, gleich würde es aussetzen.

»Wie denn das?«, fragte sie. »Es hieß doch vorhin genau andersrum?«

»Egal! Wie auch immer! Ich helfe dir! Wo ist Minka?«

Kaya zuckte die Achseln, rannte aber gemeinsam mit Reni sofort los zurück zum Hänger. Der Weg kam ihr jetzt unendlich weit vor. Ihre Gedanken überschlugen sich. Was musste sie zuerst tun? Die Stollen in die Hufeisen drehen? Damit *Andy* auf dem glatten Gras nicht ins Rutschen kam. Wie sollte sie das in so kurzer Zeit hinbekommen? Sie hatte noch nie Stollen eingedreht. Sie würde das nicht schaffen, da war sie sich sicher.

Ihr Herzschlag raste und der Schweiß lief ihr den Rücken hinunter. Jetzt musste sie bei allem, was sie tat, schnell sein. Höllisch schnell und präzise.

Die Hänger standen total verwaist unter dem Baum. Aber die Autos waren abgeschlossen, das war der nächste Schreck.

Brauchte sie irgendwas aus dem Auto? Nein, zum Glück hing alles in der kleinen Sattelkammer des Hängers.

Und was war nun mit *Luxy*? Wer sollte den richten?

»Fritzi kommt gleich nach«, war alles, was Reni sagte, während sie schon die Ladefläche nach unten klappte. *Andy* schaute sich erstaunt zu ihr um.

»Du vorn, ich hinten«, kommandierte Reni, und in dem Moment war Kaya froh, dass Reni immer so klar und resolut war. Mit Cindy hätte sie wahrscheinlich das Heulen angefangen.

Sie stieg vorne ein, band *Andy* los, und nachdem Reni die hintere Eisenstange entfernt hatte, stieg er völlig gelassen aus. In dem Moment kam Fritzi angelaufen.

»Mensch«, fluchte sie völlig außer Atem, »ich musste euch erst mal suchen, hatte ja keine Ahnung, wo die Hänger stehen!« Dann machte sie sich sofort an *Luxy*s Hänger zu schaffen, um den Schimmel auszuladen.

»Und Herr Sonnig?«, wollte Kaya wissen. »Wieso habt ihr den nicht angerufen?«

Reni, die schon zu Fritzi hinüberging, um ihr zu helfen, rief: »Die haben alle die Handys aus. Bestimmt trinken sie irgendwo in aller Seelenruhe ein Bier!«

»Und woher weißt du dann …«

»An der Meldestelle gab es wohl Unstimmigkeiten. Einsprüche von Vereinen, was weiß ich …!«

Kaya legte *Andy* wieder den Sattel auf, den sie ihm eben

erst abgenommen hatte, befestigte eilig die vielen Schnallen des Vorderzeugs, legte ihm die Gamaschen an, die ihr vor Aufregung zweimal aus der Hand fielen, und zog ihm schließlich die Trense über. Reni half mal da, mal dort und schließlich war auch Kaya so weit. Sie checkte ein letztes Mal kurz ihr eigenes Outfit, dann stieg sie auf.

»Jetzt habe ich nicht mal Stollen drin«, sagte sie zu Reni und holte tief Luft. Ach Gott, Todsünde! Sie dachte an Jo, die mit Bauchkrämpfen im Bett lag. Was würde sie wohl in einem solchen Fall tun? Stollen rein und Start verpassen?

»Ich habe keine Ahnung, wie man diese Dinger eindreht«, erklärte Reni und zog *Luxy* hinter sich her. »Ich weiß nur, dass diese blöden Stollenlöcher in den Hufeisen immer zu sind und jeder, der die Dinger da reinmachen muss, schier einen Kollaps kriegt!«

Reni lief mit *Luxy* neben Kaya her und Fritzi spielte den Wegweiser, denn auf dem Parkplatz waren noch viele andere Gespanne dazugekommen und sie wollten ja auf dem kürzesten Weg zum Abreiteplatz.

»Und abgeritten bin ich jetzt auch nicht richtig«, lamentierte Kaya, die vor lauter Anspannung klatschnass war. Unter dem Jackett klebte ihr die Bluse am Körper. »Wenigstens einen Sprung muss ich noch machen!«

»Du sitzt immerhin schon auf dem Pferd!«, entgegnete Reni. »Im Gegensatz zu Minka. Wenn wir die nicht rechtzeitig auftreiben, muss Fritzi einreiten!«

Fritzi lachte, aber Kaya hatte im Moment so gar keinen Sinn für Humor. Sie schlängelten sich den Weg am Turnierplatz vorbei hin zum Abreiteplatz und am liebsten wäre Kaya angetrabt, aber das traute sie sich dann doch nicht, denn der Boden hatte viele Wurzeln – und außerdem liefen ja Reni und Fritzi neben ihr her.

Das war der Albtraum, dachte Kaya. So eine wunderbare Chance, und dann das! Musste sich die ganze Welt immer gegen sie verschwören, jetzt konnte sie doch nur versagen. So hoppla hopp in den Parcours, ohne richtige Vorbereitung und zudem mit einem Pferd, mit dem sie noch nie gesprungen war … Sie spürte, wie ihr Mut sank. Und wenn nun gar nichts klappte – wie stand sie dann da? Der Deutsche Meister und eine unfähige Reiterin? Wie könnte sie Jo und Susan jemals wieder gegenübertreten?

Das wäre dann ihr völliges Aus!

»Da!«, rief Fritzi, die etwas abseits lief und so eine bessere Sicht auf die Zuschauer hatte. »Dort drüben an dem Zelt, dem kleinen Bierzelt auf dem Wall – da stehen doch die Sonnigs! Seht ihr? Ich laufe schnell hin! Wir treffen uns am Abreiteplatz!«

Sie kamen kurz nacheinander an. Minka und Herr Sonnig waren mindestens genauso verstört wie Kaya vorhin.

»Wieso?«, fragte Herr Sonnig mit einem Blick auf *Luxy*, als sei das Pony eben vom Mond gefallen. »Wo kommt der denn jetzt her?«

»Aus dem Hänger!«, erklärte Reni ungeduldig. »Weil doch die Reihenfolge geändert wurde! Wir starten alle gleich hintereinander!«

Herr Sonnigs Gesichtsausdruck entspannte sich. »Das wurde wieder rückgängig gemacht«, sagte er. »Schaut, die Ersten sind schon durch und gleich kommt Helga mit *Armageddon*!«

Kaya saß wie versteinert da. »Das ist jetzt aber nicht wahr, oder?«, fragte sie und schaute Reni an. »Die ganze Aufregung für nichts?«

Herr Sonnig zuckte mit den Achseln. »Jedenfalls lieb von euch, dass ihr euch so für uns ins Zeug gelegt habt!«

Minka nickte. »Seid eben echte Freundinnen!«

Sie gab Reni einen Knuff, doch die schüttelte nur den Kopf. »Und warum hat keiner Entwarnung gepfiffen?«, wollte sie wissen.

»Na, ich habe von dem Ganzen ja nichts mitgekriegt«, sagte Minka entschuldigend. »Und Claudia? Sie wird bei Helga auf dem Abreiteplatz sein, muss ihr ja den Sprung richten. Vielleicht hat sie's übers Handy versucht … weg konnte sie schließlich nicht. Das ist einfach richtig schiefgelaufen!«

Herr Sonnig nickte. »Ja, wenn Helga durch ist, bringen wir die Kleinen wieder zurück!«

Kay glitt langsam von *Andy* herunter, klopfte seinen Hals, zog ihr Handy aus der Tasche und fluchte vor sich hin: »Aus! Mist. Der Akku! So ein Schrott, der ist irgendwie kaputt! Und ich bin in der letzten halben Stunde um zwanzig Jahre gealtert! Solchen Stress halte ich nicht aus, das ist einfach zu viel!«

Reni klopfte ihr beschwichtigend auf die Schulter. »Aber es hätte gereicht! Sogar noch für ein paar Sprünge auf dem Abreiteplatz! Ich finde, wir sind ein saustarkes Team!«

Gemeinsam schauten sie Helga zu und prägten sich den Parcours noch einmal ein.

»Okay, Steilsprung. Das ist die 1!«, sagte Minka.

»Der ist eher klein, der macht nichts«, fügte Herr Sonnig hinzu.

»Die 2, na komm, mach schon«, fieberte Reni mit.

»Rot-weiß«, kommentierte Herr Sonnig, »und dahinter der Mercedes-Oxer, Achtung, jetzt rechts zum gelb-roten Oxer. 5a und 5b. Da hat es schon einige Male gepoltert, passt also auf, dass ihr da gerade reinkommt!«

Die Kombination führte genau auf die Haupttribüne zu. Und auch bei Helga polterte es – die Stange blieb aber liegen.

»Uff!« Kaya atmete laut aus und streckte sich, um besser sehen zu können. »Die 6 ist der Steilsprung, die 7 der schwarz-weiße Oxer. Achtung, und jetzt die 8, der gelbe Oxer an der kurzen Seite. Gut so. Gleich hat sie's – wenn sie nicht noch am letzten … ja, jetzt an der Haupttribüne entlang zum Ziel, das Gatter und gleich darauf der letzte Oxer! Ja!«

Sie jubelten zu viert. Null Fehler in 73,30 Sekunden. Das war klasse und wurde sofort von einem kurzen Tusch aus den Lautsprechern belohnt.

»Was macht unser *Nobelstall*?«, wollte Kaya wissen. »Ist da schon einer gestartet?«

»Der Erste ist mit null durch«, erklärte Herr Sonnig und zwinkerte Kaya zu. »Die wollen es wissen. Aber wir sind besser!«

Das stimmte zwar nicht wirklich, aber bisher lagen sie gleichauf. Kaya nickte und spürte, wie ihr erneut heiß wurde. Wenn sie nur mal locker bleiben könnte. Bestimmt ging alles gut. Und es gab ja schließlich ein Streichergebnis.

Aber sie wollte nicht gestrichen werden.

Sie ging mit *Andy* zum Abreiteplatz, während die Sonnigs ihren *Luxy* wieder zum Hänger führten. Claudia tat die ganze Aufregung leid, aber sie war nun auch der Meinung, dass Kaya mit *Andy* die nächsten 20 Minuten besser spazieren gehen sollte. Reni bot sich an, die Stollen und das entsprechende Werkzeug zu holen, so mussten sie nicht noch einmal mit *Andy* zum Hänger zurück.

»Du bist ein Schatz!«, sagte Kaya.

»Ich esse gern Chips!«, entgegnete Reni grinsend. »Paprikachips, extrascharf!«

»Okay, angekommen.« Kaya nickte ihr zu und reckte zwei Finger nach oben. »Kriegst zwei Tüten!«

Reni ging wieder zur Tribüne, und Kaya überlegte sich, wie sie eine Starterliste kriegen könnte, denn neben den Starts ihrer Vereinskollegen interessierte sie jetzt vor allem eines: Wann war Chris dran?

Sie hatte *Andy* am langen Zügel und lief mit ihm am Zaun des Abreiteplatzes entlang, konnte Chris aber nicht entdecken. Also startete er wohl auch weiter hinten, wahrscheinlich als Letzter, so wie Minka bei ihnen. Die Letzten mussten die Besten sein und alles retten, was zu retten war.

Wo wohl deren Hänger standen? Direkt in ihrer Nähe jedenfalls nicht, das hätte sie gesehen. Wahrscheinlich hatten sie sich mit irgendeinem Trick ins Profilager vorgeschummelt, das würde ihnen ähnlich sehen. Aha, Lara ritt ein. Wie immer mit großer Geste, so als hätten alle auf dem Abreiteplatz nur auf sie gewartet. Woher die nur ihren Hochmut nahm? Das musste am Geld ihres Vaters liegen, sie selbst stellte ja nun wirklich nicht viel auf die Beine.

Kaya verzog grimmig das Gesicht. Sie würde ihr sicherlich nicht als Zuschauerin dienen, ganz bestimmt nicht!

»Komm, *Andy*, wir gehen!«

Andy fand die Wiese auf der anderen Seite sowieso um einiges interessanter und Kaya auch, denn dort standen die kolossalen Pferde-LKWs, die Monstertrucks, die einen zum Schwärmen brachten. Die meisten hatten Wohnkabinen rechts und links ausgefahren, und Kaya malte sich aus, wie es dort drin wohl aussehen würde. Sicherlich gab es ein kuscheliges Bett und ein gemütliches Wohnzimmer mit einem breiten Sofa, einem Fernseher und einer kleiner Küche. Als sie mit Chris bei den »German Friendships« in Herford* war, hatten sie während des Turniers auch ein paar Tage in einem Pferdetransporter gewohnt, aber das war natürlich kein Vergleich zu denen hier. Das war ein altes, beengtes Ding und dies hier waren lackglänzende Riesen. Sie schlenderte näher heran und hielt trotzdem respektvoll Abstand. Schließlich wollte sie nicht zu neugierig sein, aber schon die Aufschrift »Beerbaum« auf dem einen Transporter, der ihr am nächsten stand, zog sie an wie ein Magnet. Wie es wohl sein mochte, wenn man dazugehörte? So richtig dazugehörte?

Sie musste ihre Schwester doch mal genauer befragen. Schließlich hatte sie ihr da etwas voraus. Die kannte die Szene. Und vielleicht durfte sie irgendwann ja auch mal zu Onkel Kurt auf dessen tolles Anwesen mit den sechs Privatpferden?

Kaya spann ihre Fäden in Gedanken weiter, aber dann wurde sie jäh unterbrochen – zwischen den Transportern sah sie ein Pony, das am langen Strick seelenruhig graste. Wer am anderen Ende war, konnte sie nur mutmaßen, das

* Band 5: »Kaya will mehr«

Pony jedenfalls war *Wild Thing*. Den eckigen Kopf hätte sie unter tausend Pferdeköpfen sofort erkannt. Wo *Wild Thing* war, musste auch Chris sein.

Sie versuchte, einen Blick auf das Ende des Führstricks zu erhaschen, aber der LKW stand ihr im Weg. Also musste sie näher ran. *Andy* hatte keine Lust, seinen saftigen Grasflecken aufzugeben, und sperrte sich, aber Kaya erklärte ihm, dass sie laufen und nicht stehen sollten. So lautete der Auftrag!

Sie ging zwischen den beiden Transportern durch und wartete fast darauf, dass eine der Türen aufging und Ludger Beerbaum sie fragen würde, was sie in seinem Vorgarten suche. Dass es Unsinn war, wusste sie selbst. Sicherlich kam er überhaupt nicht mehr an den Transporter, sondern wohnte in einem First-Class-Hotel und ließ sich von einem Chauffeur hin- und herkutschieren. Sie jedenfalls würde im LKW wohnen wollen, egal wie berühmt sie war.

Kaya blieb stehen und auch *Andy* reckte den Kopf und schaute aufmerksam nach vorn. Es war tatsächlich Chris, aber er stand nicht alleine da. Neben ihm flirtete eine wasserstoffblonde, sehr schlanke Frau in knallengen Jeans. Und dass sie flirtete, sah Kaya auf den ersten Blick: An ihrer Art, wie sie die schulterlangen Haare nach hinten warf, an ihren Bewegungen und sie hörte es an ihrem Lachen.

Kaya verzog das Gesicht. Und gleichzeitig wurde sie von Chris entdeckt.

»Hey, Kaya«, rief er und lachte in ihre Richtung, »hast du dich verirrt?«

Die Blonde drehte sich um. Sie war älter, als Kaya von hinten geschätzt hatte, mindestens 25. War das nun gut oder schlecht?

»Nee, ich habe noch Zeit und *Andy* wollte ein bisschen spazieren gehen!« Sie versuchte einen möglichst lockeren Ton zu bewahren. Bloß nichts anmerken lassen.

Chris warf einen kurzen Blick auf seine Uhr. »Na, allzu weit würde ich an deiner Stelle nicht mehr gehen – du bist doch die dritte Starterin, oder?«

Hatte sie so die Zeit vergessen? Sofort spürte sie, wie sich ihr Herzschlag verdoppelte. War sie schon wieder zu spät dran?

Die Blonde lachte fröhlich und Chris klopfte *Wild Thing* den Hals. »Wir machen uns jetzt auch fertig. Schließlich müssen wir zum Sieg beitragen«, er zwinkerte Kaya zu.

»Da bin ich gespannt«, rief sie, denn das konnte sie sich jetzt nicht verkneifen.

»Ach, zwei Nuller haben wir schon!«

Au, die zweite Runde lief also bereits, dann musste sie sich jetzt tatsächlich beeilen. Die Frage lag ihr auf der Zunge, aber sie verkniff sie sich. Chris klärte sie trotzdem auf: »Ihr habt schon acht!«, rief er.

Oh! Da hatte Julia wohl Pech gehabt. Und sie musste jetzt aufs Pferd, das war klar! Und eigentlich hatte sie bei Julia zuschauen wollen, warum träumte sie nur immer so viel? Ständig vergaß sie die Zeit – ob das eine Krankheit war?

Sie drehte mit *Andy* um und hörte die Blonde in ihrem Rücken glockenhell lachen. Die war ja total albern, dachte Kaya, und das in dem Alter! Wie peinlich! Megapeinlich!

Claudia war noch die Ruhe selbst. Sie drehte *Andy* schnell die Stollen ein und half Kaya dann in den Sattel. »Ganz entspannt und locker«, sagte sie. »Denke daran, wie Jo ihn reitet. Du musst ihm eindeutige Anweisungen geben, darfst ihn aber nicht überfallen. Bleib einfach im Rhythmus. Und denke daran, dass er ein Profi ist, er weiß, was Sache ist!«

Das hörte sich einerseits beruhigend an, andererseits war das auch eine Verpflichtung.

Nicht dran denken, beruhigte Kaya sich selbst, einfach reiten.

»Jetzt dreh noch eine Runde im Schritt und gehe dabei im Geist den Parcours durch. Und dann trab an. Ich komme in fünf Minuten an den Sprung!«

Kaya nickte.

»Und noch was …« Claudias Gesicht hatte plötzlich einen verschmitzten Ausdruck. »Überraschung!«

»Überraschung?« Das konnte Kaya nun gar nicht gebrauchen. Jetzt war ihr überhaupt nicht nach Überraschung, jetzt wollte sie sich konzentrieren.

»Deine Mutter sitzt bei uns auf der Tribüne. Sie drückt

dir alle Daumen, soll ich dir sagen! Und die großen Zehen noch dazu!«

Was? Ihre Mutter?

Das war ja cool. Hatte sie tatsächlich das Restaurant im Stich gelassen, nur um ihr hier zuzuschauen? Das war wirklich gewaltig! Nun musste sie sich doppelt und dreifach anstrengen!

Sie strich *Andy* über den Hals. »Also, mein Guter, jetzt machen wir Julias acht Fehlerpunkte wett!«

Und zu sich selbst sagte sie: Du musst nur daran glauben, dann geht alles viel leichter!

*Andy*s Trab war hart. Wie eine Nähmaschine. Sie wunderte sich, dass Jo ihn so locker aussitzen konnte. Aber sie fuhr mit ihm in der Dressur immer Höchstnoten ein. Vielleicht war es Gewohnheitssache. Jedenfalls reagierte er auf die kleinste ihrer Handbewegungen. Sie musste vorsichtig sein. *Andy* interpretierte offensichtlich alles, was sie tat, als Anweisung für sich. Das war neu, ein solches Pferd hatte sie noch nie unter dem Sattel. Sie musste sich jetzt also absolut zusammennehmen und durfte keine falschen Hilfen geben.

Claudia kam zurück, ließ sie angaloppieren und baute den Steilsprung zu einem Kreuz um. Beim ersten Sprung war es Kaya noch mulmig, aber dann spürte sie, wie mit jedem Sprung ihre Sicherheit wuchs. Claudia baute den Steilsprung höher, dann den Oxer. *Andy* sprang weiter wie eine Feder und Kaya fühlte sich gigantisch. Sie kam in der

Bewegung problemlos mit und hatte einen guten Halt auf ihm. Ihre Angst war verflogen, und als ihr Claudia »Okay, nur noch zwei Reiter vor dir« zurief und sie zum Springplatz vorritt, freute sie sich direkt auf ihren Start.

Kaya ritt ein, als der Reiter vor ihr noch im oberen Teil des Parcours war. *Andy* schaute sich um, als ob er das Ganze in irgendeine Kategorie einordnen müsste, so als ob er sich sagte: Viele Fahnen, viele Menschen, großes Turnier, wichtig.

Sie strich dem Pony über den Hals und trabte an. Oben am Ziel ritt gerade der Reiter vor ihr durch die Lichtschanke – aber er war glücklos. 16 Fehler, das war schon ordentlich viel.

Jetzt wurden Kaya und *Andy* vom Sprecher vorgestellt. Das gefiel ihr immer am besten, jedes Mal überzog sie bei der Namensnennung eine Gänsehaut. Und sie konnte es sich auch nicht verkneifen, nach dem obligatorischen Gruß zum Richterturm erst einmal zur großen Anzeigentafel zu schauen. *Kaya Birk und Andy* stand da in riesigen, leuchtenden Lettern. Hoffentlich fotografiert das jemand, dachte sie, aber dann schaltete sie das Denken ab.

»*Andy*«, sagte sie. »Jetzt gilt's!«

Sie galoppierte auf dem Zirkel im leichten Sitz gemäßigt an und einige Galoppsprünge vor der Lichtschranke und dem ersten Sprung, dem Steilsprung, zischte sie: »Los!«

Und *Andy* ging ab, so etwas hatte sie noch nie erlebt. Er war rasend schnell und trotzdem so bedacht, dass sie es kaum glauben konnte. Wo es nicht passte, machte er es sich passend, und sogar aus der verflixten Kombination 5a und 5b, in die sie zu schräg hineingekommen war, schaffte er es ohne Mühe heil hinaus. Sie hätte heulen können, so schön war es. Schon waren sie über dem schwarz-weißen Oxer und steuerten die Nummer 8, den gelben Oxer an der kurzen Seite, an. *Andy* flog auch da rüber, und Kaya war sich sicher, dass er wusste, was ein Endspurt ist: Er legte zu. Das Gatter an der langen Tribüne mit der rot-weißen Stange schoss auf sie zu und dahinter war der letzte Sprung, ein Oxer, direkt vor der Zielgeraden. Sie waren noch nicht ganz drüber, als auf der Tribüne tosender Beifall losbrach. *Andy* beschleunigte die letzten Meter bis zur Lichtschranke noch einmal. Es war unglaublich! Kaya schmiss die Zügel von sich und fiel ihm im vollen Galopp glücklich um den Hals. Trotz des Getrampels und des Gejohles ringsherum verringerte *Andy* sein Tempo und fiel schließlich in Trab.

»Die Bestzeit!«, verkündete der Sprecher. »Null Fehler! Und nun müssen 68,25 Sekunden geschlagen werden. Das wird spannend! Die Ponys zeigen mal wieder, was in ihnen steckt!«

Claudia nahm sie am Ausgang jubelnd in Empfang und auch ihre Mutter stand da. Oje, die hatte sie im ganzen Trubel total vergessen. Kaya glitt freudestrahlend von *Andy* herunter und lockerte seinen Sattelgurt.

»Das war ja unglaublich!«, sagte ihre Mutter und nahm sie strahlend in den Arm. »Ein Wahnsinnsritt, Kaya! Ich habe gar nicht gewusst, dass du so reiten kannst! Und so hätte ich mir das alles auch gar nicht vorgestellt, das ist hier ja richtig professionell!«

Herr Sonnig, schon auf dem Weg zu Minka, schwenkte seine Handycam über dem Kopf. »Hab ich alles da drauf! Werdet ihr sehen!«

Fritzi und Reni, Cindy und viele aus dem Stall standen um sie herum und schlugen ihr auf die Schulter. »Hey!«, wehrte Kaya ab. »Das war das Kerlchen hier!« Sie deutete auf *Andy*, der wie ein Standbild neben ihr stand und zum Springplatz schaute.

»Er hat keine Zeit, er beobachtet seine Konkurrenz«, frotzelte Claudia, und insgeheim dachte Kaya, dass sie recht hatte. Irgendwie war er ihr fast unheimlich. Ob es vielleicht doch eine Wiedergeburt gab und er war früher ein Mensch? Vielleicht sogar ein berühmter Springreiter? Aber ach, was für Gedanken.

»Lara hatte übrigens einen Klotz«, sagte Reni grinsend. »Und zwar am letzten Hindernis. *Black Jack* kam zu flach rein, sie wollte nach dem Gatter noch mal Gas geben, aber das ist ihr nicht bekommen!«

»Der arme *Black Jack*!«, sagte Kaya. »Hoffentlich lässt sie ihre Wut nicht wieder an ihm aus!«

»Unsere Spürnase Cindy hat sie nach ihrem Abgang so offensichtlich verfolgt, dass sie sich das nicht getraut hat…«, erklärte Reni und Cindy ließ eine ihrer Locken schnalzen. »Tja«, ergänzte sie, »und dann kam der Pfleger und Lara hat sich verzogen.«

Das würde Kaya nie in den Kopf gehen. Wie konnte jemand, wenn er schon so ein wunderbares Tier hatte, sich nicht selbst darum kümmern wollen? Das Verhältnis zwischen Mensch und Tier war doch gerade das Schöne, die Vertrauensbasis mit beiderseitiger Zuneigung, die einem ein so wonniges Gefühl vermittelte…

Sie tätschelte *Andy*.

»Also, dann kommt es jetzt auf Minka an«, überlegte Kaya laut. »Wenn Minka mit null durchgeht, ist Julia das Streichergebnis!«

»Und wenn dein Chris einen Abwurf hat, haben wir gewonnen!«, frohlockte Reni.

»Gewonnen haben wir noch lange nicht«, widersprach Claudia. »Ja, gut«, lenkte Reni ein. »Gegen den *Nobelstall* halt!«

»Und übrigens: Es ist nicht *mein* Chris!«, erklärte Kaya. Schon hatte sie wieder die Blonde vor ihren Augen. Claudia empfahl sich und auch die anderen gingen. Kaya blieb mit ihrer Mutter und *Andy* alleine zurück.

»Also, ich muss schon sagen! Ich bin richtig stolz auf dich! Das war klasse!«

Kaya freute sich und tätschelte *Andy*, der zu grasen begann. »Das ist ja auch ein feines Pony!«

»Ja, das ist er wohl!« Ihre Mutter fuhr ihm sanft über die Kruppe und Kaya grinste. Früher hatte ihre Mutter stets einen Sicherheitsabstand gewahrt – und jetzt das!

»Ich muss Jo anrufen«, fiel ihr plötzlich ein.

»Und Papa«, sagte Karin und reichte Kaya ihr Handy.

Jo brüllte ihr vor Freude ins Ohr und auch ihr Vater war begeistert. Während der Telefonate schlenderte Kaya mit ihrer Mutter zum Abreiteplatz.

Die Blonde in ihren knackigen Jeans, die Chris vorhin so angeflirtet hatte, lehnte an dem rohen Holzbalken, der zur Umzäunung des Abreiteplatzes gehörte. Kaya spürte schon wieder ein komisches Gefühl in sich aufsteigen. Sie wollte sich aber die Stimmung nicht verderben lassen, trotzdem musste sie hinschauen.

Chris galoppierte gerade auf den Oxer zu. *Wild Thing* sprang Häuser, das war klar und dazu war die Stute unbändig schnell. Sie war mit ihrem Vorbesitzer bereits bei einer Europameisterschaft platziert gewesen und hatte auch mit Chris im letzten Jahr schöne Erfolge gefeiert. Kaya war sich nicht sicher, was sie ihm wünschen sollte. *Ihrem* Chris würde sie den Sieg gönnen. Aber mit dieser blonden Schnepfe da konnte er ruhig acht Punkte machen. Dann sank er vielleicht in deren Ansehen und kam von seinem hohen Ross wieder herunter.

»Ist das nicht Chris Waldmann?«, fragte ihre Mutter da.

»Ja!« Kaya nickte.

Ihre Mutter warf ihr einen kurzen Blick zu.

»So einsilbig?«, fragte sie lächelnd.

»Ja!« Kaya nickte noch Mal.

Es polterte. *Luxy* hatte die oberste Stange des Oxers mitgenommen.

»Nur ruhig«, sagte Claudia und machte die Stange ein Loch tiefer.

»Nicht tiefer machen«, rief Chris. »Ich bin gleich dran!«

»Depp!«, sagte Kaya und erntete einen erneuten Blick ihrer Mutter.

Claudia legte die Stange wieder oben hinein, *Wild Thing* sprang flüssig über den Oxer, Chris lobte sie, parierte in Schritt durch und ritt aus dem Abreiteplatz hinaus in Richtung Springplatz. Kaya schaute ihm nach, die Blonde lief neben ihm her.

»Wen hat er denn da dabei?«, fragte Karin arglos.

»Keine Ahnung«, sagte Kaya verärgert und fügte gehässig hinzu: »Wahrscheinlich so ein billiges Groupie.«

Claudia hatte die Stange jetzt etwas tiefer gemacht, und nachdem *Luxy* ohne Anstrengung darüber gesprungen war, erhöhte sie sie wieder. Auch das klappte.

Claudia nickte zufrieden. »Okay«, rief sie, »noch einmal und dann reicht es. Mach ihn einfach noch schön locker …«

»Wollen wir vor zum Springplatz und zuschauen?«, schlug Kaya ihrer Mutter vor.

»Mit *Andy*?«, wollte Karin wissen.

»Wir stellen uns an den Rand, da stören wir niemanden. Ich weiß schon wo …«

»Ist Chris jetzt dran?«

Kaya fühlte sich ertappt.

»Denke schon«, sagte sie kurz. Blondine hin oder her – wie er abschnitt, wollte sie trotzdem wissen.

Chris hatte Ehrgeiz, das war ihm deutlich anzusehen. Seine Stute legte die Ohren an, als er vor der Startlinie angaloppierte. Kaya fragte sich in dem Moment, wie er sich wohl ihr gegenüber verhalten würde, wenn er nun totalen Mist baute? Eigentlich reichte ja bereits ein einziger Abwurf, um ein schlechteres Ergebnis zu haben als sie – und einen Abwurf hatte man schnell. Nur einmal falsch angeritten, einmal den Huf etwas hängen lassen und schon war es passiert. Kaya stand da und wusste nicht, ob sie ihrem Schwarm jetzt die Daumen drücken sollte oder nicht. Ihr Blick glitt zu der Blondine, die am Eingang zum Parcours stehen geblieben war. Sie wippte in den Knien, war also voll dabei und drückte ihm die Daumen.

Das reichte ja wohl. Vier Daumen waren dann doch entschieden zu viel, sie spreizte die Finger ihrer rechten Hand und streichelte mit der anderen demonstrativ den Hals von *Andy*, der ebenfalls interessiert zuschaute.

Sie hatten sich etwas erhöht direkt neben einen Biertisch mit einigen halb vollen Bierkrügen gestellt. Aber weit und breit waren keine durstigen Seelen zu sehen, denen sie gehörten. Karin stand neben ihr und packte Kaya aufgeregt am Oberarm.

»Wenn man jemanden kennt, ist das richtig spannend!«

Ihre Blicke hingen an Chris und *Wild Thing*. Die hatten die ersten Hindernisse bereits ohne Probleme überwunden und waren nun auf dem Weg zur Nummer 5, der Kombination. Er ritt auf Zeit, das war Kaya klar. Und das könnte sein Fehler sein. Sie war sich nicht sicher, ob sie ihm einen Abwurf gönnen sollte, aber er ritt so schräg auf den gelb-roten Oxer zu, dass es beim zweiten Hindernis, bei der 5 b, knapp werden könnte.

Doch *Wild Thing* war genauso erfahren wie *Andy*. Die Stute korrigierte ihre Richtung in den zwei Galoppsprüngen, die zwischen den Hindernissen lagen, und kam mühelos über den zweiten Sprung.

»Bedanke dich bei deinem Pony«, zischte Kaya.

»Stimmt was nicht?«, wollte ihre Mutter wissen, ohne ihren Blick vom Reiter und Pony zu lösen.

»Die Blondine stimmt nicht!«, entfuhr es Kaya und im selben Moment ärgerte sie sich darüber.

»Ah!«, sagte ihre Mutter, weiter nichts.

Chris und *Wild Thing* fegten ohne merkliche Anstrengung durch den Parcours. Wenn es nicht ganz blöd zugeht, wird es auch ein Nuller, dachte Kaya, und dann schaute sie zur großen Anzeigetafel. Dort lief die Uhr mit: 65 Sekunden, 66, er kam auf die lange Gerade unterhalb der Tribüne, jetzt noch das Gatter und der letzte Oxer, Chris gab Gas, 67, 68 – er feuerte sein Pony lautstark an, warf ihm nach dem letzten Sprung die Zügel hin und *Wild Thing* galoppierte lang gestreckt mit 68,47 Sekunden durch die Lichtschranke.

»Ha!«, schrie Kaya und fiel *Andy* um den Hals.

»Mama, hast du das gesehen!?« Sie drehte sich um, aber ihre Mutter war nicht mehr da. Verdutzt blieb Kaya stehen und sah nur noch, wie Chris seine *Wild Thing* zwar lobte, jedoch verhaltener, als sie es verdient hätte.

»Knapp, knapp, knapp«, hörte sie den Sprecher sagen. »Das war knapp! 68,47 Sekunden für Chris Waldmann auf *Wild Thing*. Noch ist eine Amazone vorn. Noch führt Kaya Birk auf *Andy* mit 68,25 Sekunden!«

»Mensch, *Andy*!«, sie küsste ihn auf die Nüstern und hätte ihn vor lauter Glück am liebsten angeknabbert. Und da sah sie ihre Mutter. Sie stand bei der Blondine und unterhielt sich mit ihr.

Kaya traute ihren Augen nicht. Du lieber Himmel, was mischte sie sich denn jetzt wieder ein? Konnte ihre Mutter die Dinge nicht einfach mal ihr überlassen – das ging sie doch rein gar nichts an. Welchen Mist erzählte sie ihr jetzt? Dass Kaya ein verbrieftes Recht auf Chris hätte und dass ihm keine andere zu nahekommen dürfe, sie als Mutter wache darüber …?

Vor lauter wirren Gedanken hatte sie aufgehört, auf *Andy* zu achten, und der hatte sich in der Zwischenzeit vom Biertisch einen Krug herangezogen. Das aber merkte sie erst, als es klapperte und *Andy* das ausgelaufene alte Bier vom Tisch aufleckte.

»Hey!«, sagte sie und wollte ihn wegziehen, was ihm natürlich gar nicht passte. Zum ersten Mal, seit sie mit ihm umging, sperrte er sich kräftig und zog dagegen.

»Aha, das scheint dir zu schmecken«, sagte Kaya und wusste sich in dem Moment keinen Rat. War Bier für Pferde schädlich? Hopfen und Malz – da war ja eigentlich nichts dabei. Oder? Musste Bier nicht auch nach einem Reinheitsgesetz gebraut werden? Dann konnte ja eigentlich nichts Gefährliches drin sein.

Sie betrachtete die Pfütze, die aus dem umgestürzten Bierkrug gelaufen war. So viel war es ja nicht.

Wenn er es denn unbedingt wollte, verdient hatte er sich eine Belohnung allemal. Und also schlabberte *Andy* weiter.

»Na bitte, das wäre geklärt!« Kayas Mutter war wieder da und riss sie aus ihrer Bier-Pony-Betrachtung.

»Ah ja, was?« Sie war in Gedanken noch ganz bei *Andy* und dessen offensichtlichem Biergenuss und sah, während sie sich zu ihrer Mutter umdrehte, aus dem Augenwinkel, wie er mit seinen Lippen bereits den nächsten Krug heranzog.

»Mutti, er trinkt Bier!«

»Das tun Männer manchmal!«

Männer? War sie jetzt völlig daneben?

»Also, die Blondine von deinem Chris da unten ist die ...«

»... es ist nicht mein Chris!«, unterbrach Kaya sie barsch.

»... das ist die Pferdepflegerin von Ludger Beerbaum«, fuhr Karin ungerührt fort. »Das ist alles!«

Pferdepflegerin? Jetzt schaute Kaya ihre Mutter doch mit großen Augen an.

»Pferdepflegerin?«, wiederholte sie mechanisch. »Von Ludger Beerbaum?«

Das war ja genial! Dann war sie ja bald wieder weg. Ganz weit weg!

»Ja. Eine Holländerin. Nette junge Frau. Ganz offen und natürlich!«

Das hörte sich weniger gut an. Holländerin und dann noch sympathisch. Und offen. Offen für was? Für eine fröhliche Feier und eine heiße Nacht mit Chris?

Sie schaute nach unten. Die offene Holländerin war wieder weg. Chris auf *Wild Thing* auch. Und *Andy* würde bald einen Rausch haben, wenn er so weitermachte.

»Achtung, Minka kommt«, stupste Karin sie an. »Jetzt müssen wir aber Daumen drücken!«

Kaya warf ihr einen verstohlenen Blick zu. So kannte sie ihre Mutter ja gar nicht. Pferde waren nie ihre große Leidenschaft, sie hatte immer Angst vor ihnen. Und nun fieberte sie hier oben bei jedem Ritt mit. Mit ihrem roten Poloshirt, der lässigen Jeans und den Sneakers sah sie sogar so aus, als ob sie voll dazugehörte. Sie sah gut aus, das musste Kaya ihr lassen. Und viel jünger als vierzig.

»Da, schau!« Karin zeigte nach unten. Minka ritt ein.

»Okay, Minka, viel Glück«, rief Kaya und Minka blickte kurz hoch und nickte ihnen zu.

»Jetzt gilt's«, erklärte Kaya und spürte, wie es ihr unter der Bluse heiß wurde. Ihr Adrenalinspiegel stieg. Inzwischen hatten sie tatsächlich ganz gute Chancen auf einen der vorderen Plätze. Wenn Minka jetzt auch noch durchhielt, dann … das wäre der Hammer! Ihr kleiner Stall gegen all die anderen, großen Erwachsenenställe. Ponys gegen Großpferde. Na ja, *Armageddon* und *Sam* ausgenommen, aber immerhin. Zwei zu zwei.

Minka ritt konzentriert. Sie peilte jeden Sprung genau an, ritt auf Sicherheit. Klar, Claudia hat ihr bestimmt eingebläut, dass sie jetzt einen Nuller machen musste. Ein langsamer Nuller war allemal besser als ein riskanter Husarenritt. Die beste Zeit hatte Kaya ja schon, jetzt ging es ums Team. Minka musste den Wunsch, in der Einzelwertung selbst noch ganz nach vorn zu kommen, dem Teamgeist opfern. Das war eine starke Leistung!

Kaya drückte Minka beide Daumen und sah, dass auch ihre Mutter die Daumen fest gedrückt hielt. Womöglich würde sie noch anfangen zu reiten. Ob das mit vierzig noch ging?

Die 5a und b. Minka ritt die Kombination sorgfältig an. Sie überließ nichts dem Zufall, galoppierte flüssig, aber überlegt. Ihr *Luxy* sah bestechend schön aus, wie er da als weißes Kraftpaket über die Hindernisse flog. »Kein Fehler, kein Fehler, kein Fehler«, flüsterte Kaya immer wieder vor sich hin und dann ging Minka tatsächlich mit null Fehlerpunkten und einer Zeit von 72,55 durchs Ziel. Die Tribüne, wo all die anderen Vereinsmitglieder saßen, schien zu beben. Sie schrien und trampelten und schwenkten ihre Fahnen und Transparente. Sie machten unglaublich viel Lärm. Der Kommentar des Sprechers ging in dem Krach unter, aber es war auch so alles klar: Julias Ritt würde ihr Streichergebnis sein, sie standen mit null Fehlerpunkten da. Und Kaya war in der Einzelwertung noch immer die Erste.

Es folgten noch acht Reiter. Kaya hatte keine Ahnung, welche Vereine ihnen jetzt noch gefährlich werden konnten. Sie wollte auch nicht weiter zuschauen, das würden ihre Nerven nicht aushalten.

»Ich gehe mal runter zu Minka und Claudia«, sagte sie zu ihrer Mutter. »Kommst du mit?«

Karin schüttelte nur den Kopf. »Das schaue ich mir noch

an. Nach der Siegerehrung muss ich aber ganz schnell verschwinden, Susanne ist sonst überfordert!«

Da erst fiel Kaya auf, dass sie nicht einmal nachgefragt hatte, warum ihre Mutter diesen überraschenden Besuch überhaupt hinkriegen konnte – schließlich lief der Betrieb im Restaurant ja auf vollen Touren. Jetzt wusste sie es, eine Freundin ihrer Mutter half also aus, hatte sie schon ein paar Mal gemacht, wenn auch nicht wirklich professionell.

»Ich finde es cool, dass du gekommen bist«, sagte Kaya schnell zu ihrer Mutter, bevor sie *Andy* zum Gehen aufforderte. Er war einverstanden, und ein schneller Blick zum Tisch zeigte Kaya, dass da für ihn auch nichts mehr zu holen war. Drei Bierkrüge hatte er umgekippt und die anderen war leer.

Grinsend lief sie mit ihm zum Abreiteplatz, wo sich bereits etliche Pferde und Ponys versammelten. Helga und Julia standen mit ihren Pferden vor dem Eingang. Minka war bereits abgesessen und hatte *Luxy* den Gurt gelockert. Auch Claudia stand bei ihnen, und als Kaya jetzt dazukam, rief sie: »Das war … Spitze!«

Die anderen fielen ein und »Spitze!« gellte in den höchsten Tönen über den ganzen Platz. Sie lachten und gratulierten sich gegenseitig zu ihren Ritten.

»Den Andy müsstest du behalten«, sagte Helga zu Kaya. »Ihr passt gut zusammen!«

Kaya nickte. »Ja, er ist unbeschreiblich. Er denkt voll mit.« Sie grinste. »Und vorhin hat er unbedingt Bier trinken wollen. Wie mein Vater, wenn er joggen war und meint, jetzt hätte er sich ein frisches Pils verdient!«

Alle lachten. »Und«, wollte Claudia wissen, »ist er noch nüchtern? Nicht dass er bei der Siegerehrung schwankt oder sich gar zum Schlafen niederlegt.«

Sie musterten *Andy* misstrauisch, aber er stand wie eine Eins.

»Schon mal was von Doping gehört?« Kaya drehte sich um.

Unbemerkt war Lara herangeschlendert, ihr Pony lässig am langen Zügel.

»Doping? Du spinnst wohl!«, fuhr sie Lara an, die mal wieder rausgeputzt war wie frisch aus dem Modekatalog. Und ihr Grinsen war ähnlich unecht – wie eine Giftnatter kurz vorm Zubeißen.

»Oh«, sagte sie mit schräg verzogenen Mundwinkeln, »da würde ich mich mal erkundigen. Wir können auch eine Urinprobe beantragen, dann wissen wir das genau!«

Sie stolzierte ohne ein weiteres Wort an ihnen vorbei zu Chris, der mit den anderen Reitern seines Vereins auf der langen Seite des Abreiteplatzes stand. Wie die aber auch mit ihrem Arsch wackelte. Kaya und die anderen beobachteten, dass Lara wichtigtuerisch erzählte und gestikulierte. Worum es ging, war ja klar.

Sie drehte sich zu Claudia um. Die schien wie alle anderen sprachlos.

»Kann das sein?«, fragte Kaya beklommen. »Doping?«

Claudia zuckte die Schultern. »Nun, das ist bei homöopathischen Mitteln auch immer die Frage, weil da Alkohol drin ist. Manchmal gar nicht wenig. Das ist aber erlaubt.« Sie stockte. »Bei Bier ist es anders, da liegt es wohl an der Zusammensetzung mit dem Hopfen – die Stoffe reagieren anders.«

»Und was heißt das jetzt?«, wollte Helga wissen. »Dass man *Andy* disqualifizieren kann?«

Kaya glaubte, bei diesem Satz in Ohnmacht zu fallen. Ihr Herzschlag vervielfachte sich. Nicht auszudenken. Wegen Dopings. Und das bei *Andy*, Jos Pony. Nie im Leben würde sie Jo und ihren Eltern noch unter die Augen treten können. Und Klemens erst! Ihr wurde ganz schlecht.

»Kommt auf die Menge drauf an!«

Alle schauten Kaya an. »Wie viel hat er denn geschlabbert? Einen ganzen Bierkrug voll?«

Kaya versuchte sich zu konzentrieren, aber im Moment flimmerte alles vor ihren Augen. Sie bekam einfach kein scharfes Bild. Und sie musste gestehen, dass sie nicht richtig darauf geachtet hatte. *Andy* hatte die Bierkrüge mit den Lippen rangezogen, umgekippt und das Zeugs geschlabbert. Drei waren es. War das viel? Oder wenig? Sie hatte keine Ahnung.

»Kann man ihm das denn irgendwie ansehen?«, fragte Minka und sah ihm sofort prüfend in die Augen, was *Andy* aber nicht behagte. Er drehte den Kopf weg.

»Nein.« Claudia schüttelte den Kopf.

»Hätte ich nur nicht …« Kaya war fix und fertig und den Tränen nah.

»Wie wirkt sich das denn aus«, wollte Julia wissen, »ich meine, wenn er betrunken wäre?«

»Er wird schläfrig!«, erklärte Claudia.

Alle schauten nun gebannt auf *Andy*, aber er sah aus wie immer.

»Machen wir uns doch nicht verrückt«, beschwichtigte Claudia. »Sie wird schon nicht!«

Aber allen war klar, dass sie genau das tun würde. Lara würde ihre Giftpfeile abfeuern, wo sie nur konnte. Zumal sie es als eine Genugtuung für ihre eigenen vier Straffehler ansehen würde. Denn ausgerechnet ihr Nobelpony *Black Jack* hatte versagt! Sicherlich wurmte sie das bis tief in die Seele, zumal nun auch noch Kaya im Rampenlicht des Turniers stand.

Herr Sonnig kam angelaufen. »Nur noch vier Reiter«, rief er. »Zwei davon können für ihren Verein nichts mehr retten, die haben insgesamt schon zu viele Klötze, aber die beiden letzten sind noch gefährlich!«

Sie schauten ihm unbewegt entgegen.

»Was ist denn hier los?«, fragte er schwer atmend. »Trauermarsch? Hallo, ihr seid ganz vorn platziert … so oder so. Was gibt's da zu flennen?« Er stellte sich neben Claudia und schaute seine Tochter fragend an.

»*Andy* hat Bier getrunken, und Lara droht, ihn wegen Dopings disqualifizieren zu lassen!«

»Bier?« Herr Sonnig fing an zu lachen. »Eine ganze Maß?« Er patschte *Andy* seine breite Hand auf die Kruppe. »Na, alter Junge, das steht einem Kerl wie dir doch auch zu!« Er lachte immer noch. »Das habe ich ja noch nie gehört! Kommt aus dem Parcours und säuft eine Maß!« Er lachte so laut, dass sich jetzt auch die anderen nach ihm umschauten. »Der Kerl hat Stil! Das gefällt mir!« Er schüttelte laut juchzend den Kopf. *Andy* drehte sich nach ihm um.

»Und?«, wollte Sonnig von ihm wissen. »Kannst du auch pokern? Ich lade dich herzlich ein. Immer freitags in der Oberen Mühle. Da kriegst du auch ein gepflegtes Pils!« Er musste über seine eigenen Worte so laut lachen, dass er sich den Bauch hielt und die anderen schließlich nicht anders konnten und mitlachen mussten. Es war wie ein ansteckender Virus, schließlich lachten sich alle fast schlapp, konnten kaum noch aufhören und wussten selbst nicht so genau, warum sie eigentlich lachten. Ein Richter, der für Ordnung und Etikette auf dem Abreiteplatz zuständig war, kam auf sie zu und wollte sie gerade zurechtweisen, den Quatsch zu lassen, aber Sonnig kam ihm zuvor und sagte nur mit Lachtränen in den Augen: »Das Pony hier hat sich gerade ein Bier genehmigt. Sorry, ich habe so etwas noch nie gehört!«

Der Richter musterte *Andy* und wandte sich dann an Kaya, die vor lauter Lachen auch schon rot im Gesicht war: »Die Nummer acht? Ihr seid doch führend!«

»Ja, und er hat ja auch erst danach getrunken!«, bemühte sie sich zu erklären, aber alle prusteten schon wieder los und auch der Richter musste nun schmunzeln. »Danach, soso, das dürfte ja kaum eine Rolle spielen, na ja, den Ehrengalopp wird er schon noch durchstehen!«

»Ja schon, aber eine andere Reiterin wollte uns eben wegen Dopings anzeigen«, packte Claudia den Stier bei den Hörnern.

»Doping danach?« Der Richter schüttelte den Kopf und sein Lächeln vertiefte sich. »Nie gehört. Dafür gibt es doch sicherlich Zeugen?«

Kaya nickte, denn sprechen konnte sie im Moment nicht mehr, so schmerzte ihr der Bauch.

»Ja, dann sollten Sie vielleicht mal alle aufsitzen, die letzten Reiter sind durch … jetzt wird zur Siegerehrung eingeritten!«

Alle begannen sich und ihre Pferde wieder ordentlich herzurichten, und als Kaya beim Aufsteigen war, ritt Chris an ihrer Gruppe vorbei. Sie ließ sich vorsichtig in den Sattel gleiten und schaute ihm nach. Er hatte den Blickkontakt vermieden.

Sie wollte es kaum glauben. War er jetzt etwa sauer, weil sie besser gewesen war? Oder vielleicht sogar, weil Lara mit ihrem blöden Getue keine Chance hatte? Weil der Richter offensichtlich auf ihrer Seite war? Hätte er es lieber gesehen, wenn sie disqualifiziert worden wäre?

Inzwischen war Claudia mit dem Richter einige Schritte gegangen und kam wild fuchtelnd zurückgerannt, noch bevor die Gruppe den Springplatz erreicht hatte.

»Ihr seid ganz knapp vorne. Ganz knapp! Aber ihr seid vorne!!! Ihr habt gewonnen! Einzeln Kaya und *Andy*, und dann noch als Mannschaft!!! Hey, wir machen eine riesige Party!!!! Wir feiern wie verrückt!!«

»Und *Andy* kriegt noch ein Bier extra!«, fügte Sonnig hinzu und tatschte *Luxy* auf den Hintern. »Bravo!! Wir sind stolz auf euch!«

Unter lauten Fanfarenklängen ritten die platzierten Vereine jetzt ein. Kaya war gespannt, auf welchem Platz Chris und seine Mannschaft wohl gelandet waren. Sie drehte sich nach ihm um, aber er schaute starr in die andere Richtung.

Sie mochte aber jetzt nicht darüber nachdenken, denn die Atmosphäre war richtig feierlich, so einmalig, dass sie von sich selbst gerührt war. Der 1. Platz. Sie hatte gewonnen! Bei dieser Konkurrenz! Sie musste gleich dringend Jo anrufen, aber ihr Handy ging ja nicht. Und vor all den Leuten wäre es auch stillos.

Sie ritten wie bei der Parade zu viert nebeneinander und

die anderen Vereine taten es auch. Es war erhaben und schön.

Als sie wieder an der langen Tribünenseite vorbeikamen, stand ihre Mutter ganz vorn am Geländer und winkte ihr zu. Und Claudia reichte Kaya vier Vereinsfähnchen herunter, die sie sich jeweils in die Stiefel steckten.

Ja, dachte Kaya, das sollten nur alle wissen. Ihr Verein war nicht millionenschwer – und trotzdem hatten sie gewonnen!

»Meine Damen und Herren«, hörte sie den Sprecher und den Rest erlebte sie wie in Trance. Zu viert ritten sie zur Siegerehrung vor. *Sam* zappelte und stieg neben ihr, während *Andy* wie ein Denkmal stand und sich die Richter anschaute, die ihm die goldene Schleife anhefteten und Kaya einen kleinen Blumenstrauß in die Hand drückten. Jedes Mädchen umarmte ihre Nachbarin, soweit die Pferde das zuließen, und dann warteten sie die Siegesfanfare ab, die ihnen galt. Ihnen! Kaya fand es zum Sterben schön.

Der zweite Platz ging an den Reitverein aus Trossingen und den dritten hatte der *Nobelstall* belegt.

Jetzt ritten auch Chris und Lara und die beiden anderen zu viert vor. Sie gratulierten sich gegenseitig eher unterkühlt und Kaya zwinkerte Minka zu: »Das werden sie uns nie verzeihen!«

Minka grinste: »Wir werden es bei Gelegenheit wiederholen!«

Beide lachten und tätschelten ihre Ponys.

»Es ist ein Traum!«, sagte Kaya und nach einer Weile: »Hoffentlich träume ich nicht wirklich!«

Da wurde ihr Name erneut aufgerufen.

Jetzt ging es um die Einzelwertung.

Das war umwerfend. Die Leute applaudierten wie wild, als sie noch mal ein Stück vorritt und wieder stehen blieb. *Andy* schaute sich um und bekam seine zweite goldene Schleife.

»Auf dem zweiten Platz, ganz knapp geschlagen, aber eben doch geschlagen, Chris Waldmann und *Wild Thing*. Aber es ist ein hervorragender Platz, die beiden haben wahrlich gekämpft! Wir gratulieren!«

Kaya schaute sich nach ihm um und spürte, wie ihr das Blut in den Kopf schoss. Wie würde er reagieren?

Er galoppierte verhalten heran, seine Mimik war reglos.

Würde er ihr überhaupt gratulieren?

Aber sie konnte ihn doch nicht gewinnen lassen, nur damit er freundlich zu ihr war? Das wäre dann doch abartig. Und außerdem hatte sie im Parcours ja keine Ahnung, dass sie so schnell unterwegs war. Sie war ja kein Profi. Er dagegen schon. Halb zumindest.

Wahrscheinlich war es genau das, was ihm hier so stank. Sie war zum ersten Mal im Parcours und schon war sie besser als er. Er parierte neben ihr durch, ohne zu ihr hinüberzuschauen. Dann nahm er die Glückwünsche der Richter und Ehrenpersonen entgegen und *Wild Thing* ließ sich die silberne Schleife anstecken. Sie stand wie eine eins, genau wie *Andy*.

Und da drehte er sich plötzlich zu ihr um und streckte ihr die Hand hin. Noch immer war kein Lächeln in seinem Gesicht zu sehen. Kaya zögerte zunächst und überlegte einen Moment, ob sie die Hand überhaupt annehmen sollte. Dann tat sie es.

Doch kaum lag ihre Hand in seiner, sprang er von *Wild Thing* herunter, riss sie vom Pferd und trug sie unter dem Gejohle aller Gäste und Reiter zum gut gefüllten Wassergraben. Sie fuchtelte und wehrte sich, aber er hielt sie so fest, dass sie nicht loskam. Alles ging ganz schnell. Ein Platsch – und sie lag mittendrin.

Benommen richtete sie sich auf, erneut gellte die Fanfare aus den Lautsprechern. Er reichte ihr laut lachend seine Hand, um ihr aus dem Nass herauszuhelfen. Die Chance wollte sie nutzen und versuchte nun ihrerseits mit aller Kraft, ihn hineinzureißen. Es gelang ihr aber nicht. Schließlich ließ sie sich von ihm aus dem glitschigen Becken herausziehen, und als sie klatschnass triefend vor ihm stand, küsste er sie vor allen Zuschauern, allen Reitern, Richtern und Pferden mitten auf den Mund.

»Herzlichen Glückwunsch«, sagte er dann und dabei schallte »We are the champions« aus den Lautsprechern. Kaya riss die Arme hoch und drehte sich unter dem tosenden Beifall der Menschenmenge mehrfach um die eigene Achse.

Und dann rannten sie Hand in Hand zu ihren Ponys zurück, die noch immer da standen, als gehöre die Wassertaufe zum täglichen Reitgeschäft dazu.

»Dein Ritt war spitze!«, sagte Chris und half ihr, während der Sprecher den Drittplatzierten aufrief, wieder in den Sattel.

»Aber dafür bin ich jetzt klatschnass!«, sagte sie und zog ihr Reitjackett, das an ihrer Haut klebte, etwas von ihrem Körper weg.

»Na und?« Chris' türkisfarbene Augen hielten ihren Blick gefangen.

»The show must go on!«, sagte er mit tiefer Stimme und ein verschmitztes Lächeln glitt über sein Gesicht. »Und vielleicht können wir uns heute Abend ja gemeinsam einen Film ansehen?«

Kaya grinste. »Aber nur einen mit HAPPY END!«

Gaby Hauptmann, Bestsellerautorin, Rundfunk- und Fernsehjournalistin, wurde 1957 geboren und wuchs in Trossingen (Baden-Württemberg) auf. Nach ihrem Volontariat beim *SÜDKURIER* in Konstanz wurde sie zunächst Reiseredakteurin, machte sich dann mit einem Pressebüro in Lindau selbstständig und wechselte schließlich in die Rundfunkbranche zum damaligen Südwestfunk. Gleichzeitig begann sie fürs Fernsehen (HR und SWR) zu arbeiten. Mit der Geburt ihrer Tochter Valeska 1991 konzentrierte sie sich nur noch aufs Fernsehen. 1994 erschien ihr allererster Roman »Alexa – die Amazone«, ein Buch, das sie sich als junge Turnierreiterin selbst schrieb. Ab 1995 folgten Bücher wie »Suche impotenten Mann fürs Leben«, »Hengstparade« oder »Yachtfieber«, die allesamt Bestseller wurden. Mittlerweile hat sie über 20 Bücher geschrieben, die in 30 Ländern veröffentlicht und zum großen Teil auch verfilmt wurden.
Die Mädchen- und Pferdebuchreihe **Kaya – frei und stark**, ein gemeinsames Projekt von Gaby Hauptmann mit ihrer Tochter Valeska, erscheint im Baumhaus-Verlag. Dort gibt es auch ihre **Alexa-Romane** über das Reiter- und Liebesleben von Kayas große Schwester.
www.gaby-hauptmann.de

Noch mehr Abenteuer mit Kaya!

»German Friendships« – das ist das Turnier in Herford, zu dem Jugendliche aus aller Welt anreisen. Die deutschen Reiter stellen ihren Gästen die Pferde und gemeinsam werden dann internationale Teams gebildet. Chris darf mit seinen beiden Ponys dort starten und auch Kaya ist überglücklich. Doch als Chris eine rassige Brasilianerin zugelost bekommt, ist Kaya sauer: Nur weil die ordentlich mit Po und Busen wackeln kann, muß Chris Kaya noch lange nicht als Trottel behandeln …

Band 5: Kaya will mehr · ISBN 978-3-8339-344-9
Preis € 9,90 (D) / € 10,20 (A)
Insgesamt sind bisher 7 Kaya-Bände und Hörbücher erschienen.

Alexa – die Amazone und die große Chance

Alexa, die 16-jährige große Schwester von Kaya, darf für ein Jahr bei Onkel Kurt leben und arbeiten. Der Pferdenarr hat ein Landhaus mit Stallungen, Koppeln und Reithalle. Alexa ist für die sechs Pferde zuständig, eine tolle Aufgabe. Nur mit Kurts Sohn Flavio kommt Alexa nicht zurecht. Ein gemeinsamen Ausritt soll schlichten. Da passiert ein Unglück mit *Chicolo*, Alexas Lieblingshengst, und eine abenteuerliche Suche beginnt.

Gaby Hauptmann · Alexa, die Amazone · Bd. 1: Die große Chance
ISBN 978-3-8339-3690-6 · Preis € 12,90 (D) / € 13,30 (A)
Alexa, die Amazone · Bd. 2: Die große Herausforderung
ISBN 978-3-8339-3691-3 · Preis € 12,90 (D) / € 13,30 (A)